Ein Mann von Markus

Anthony Hope

Writat

Diese Ausgabe erschien im Jahr 2023

ISBN: 9789359254371

Herausgegeben von
Writat
E-Mail: info@writat.com

Inhalt

KAPITEL I.
DIE BEWEGUNG UND DER MANN.

Im Jahr 1884 befand sich die Republik Aureataland sicherlich nicht in einer blühenden Verfassung. Obwohl es über eine äußerst glückliche Lage verfügt (es liegt an der Küste Südamerikas, eher im Norden – ich muss es nicht genauer sagen) und über ein ausgedehntes Territorium verfügt, das fast so groß ist wie Yorkshire, war es ihm dennoch nicht gelungen, diesen materiellen Fortschritt zu machen was von seinen Gründern erhofft worden war. Es ist wahr, dass der Staat noch in den Kinderschuhen steckte, da er ein Ableger eines anderen und größeren Reiches war und erst 1871 nach einer Reihe politischer Erschütterungen gewalttätigen Charakters die Segnung der Freiheit und Selbstverwaltung erlangte kann mit Vorteil in der bekannten Geschichte „The Making of Aureataland " von einem gelehrten Professor der Jeremiah P. Jecks University in den Vereinigten Staaten von Amerika studiert werden. Dieser profunde Historiker hat zweifellos Recht, wenn er den Hauptanteil an der nationalen Bewegung der Energie und den Fähigkeiten des ersten Präsidenten von Aureataland , seiner Exzellenz, des aus Virginia stammenden Präsidenten Marcus W. Whittingham, zuschreibt. Da ich mit diesem talentierten Mann eine persönliche Freundschaft pflegte (die sich leider nicht auf öffentliche Angelegenheiten erstreckte), wie sich später herausstellen wird, habe ich große Freude daran, die Lobrede des Professors öffentlich zu unterstützen. Der Präsident hat Aureataland nicht nur ins Leben gerufen, sondern auch ihre gesamte Verfassung geprägt. „Es war sein Genie" (wie der Professor treffend bemerkt), „das von der Idee befeuert wurde, einen wirklich modernen Staat zu schaffen, instinktiv vom fortschrittlichen Geist der angelsächsischen Rasse." Es war sein Genie, das die abgenutzten Traditionen der europäischen Herrschaft über Bord warf und seine Mitbürger lehrte, dass sie, wenn auch nicht alle durch Geburt, doch alle durch Adoption, Söhne der Freiheit seien." Alle Fehler bei der Umsetzung dieser schönen Idee müssen auf die Tatsache zurückgeführt werden, dass die großen Befugnisse des Präsidenten eher ein glückliches Geschenk der Natur als das Ergebnis der Kultur waren. Dieser Wahrheit gegenüber war er selbst keineswegs blind, und er pflegte den Mangel an einer liberalen Bildung auf den sozialen Ruin zurückzuführen, den der amerikanische Bürgerkrieg seiner Familie zugefügt hatte, und auf die dadurch verursachte Störung seiner Studien. Da der Präsident, als ich die Ehre hatte, ihn im Jahr 1880 kennenzulernen, fünfzig Jahre alt war, wenn er ein Tag alt war, stimmt diese Erklärung kaum mit Daten überein, es sei denn, es ist anzunehmen, dass der Präsident damals noch seine Ausbildung fortsetzte Der Krieg begann, als ich damals etwa fünfunddreißig Jahre alt war.

Unter der Schirmherrschaft eines so begabten Führers gegründet und von einem so edlen Eifer für den Fortschritt erfüllt, war Aureataland zu Beginn seiner Geschichte als Nation Gegenstand vieler liebevoller und stolzer Hoffnungen. Aber trotz des Glanzes der Herrlichkeit, in dem ihre Sonne aufgegangen war (was sich in der Arbeit des Professors gebührend widerspiegelte), konnte ihr Wohlstand, wie ich bereits sagte, nicht aufrechterhalten werden. Das Land eignete sich gut für die Landwirtschaft und Weidewirtschaft, aber die Bevölkerung – eine sehr seltsame Rassenmischung – war träge und eher auf die Einhaltung von Feiertagen und Festen als auf ehrliche Arbeit fixiert. Die meisten von ihnen waren unintelligent; Diejenigen, die intelligent waren, verdienten ihren Lebensunterhalt mit denen, die es nicht waren, eine Methode zur Bestreitung des Lebensunterhalts, die zwar für den Einzelnen befriedigend war, aber nur wenig zum Gesamtreichtum der Nation beitrug. Nur zwei Klassen machten Vermögen irgendeiner Größe, Regierungsbeamte und Barkeeper, und selbst in ihrem Fall war der Reichtum nicht groß, gemessen an englischen oder amerikanischen Maßstäben. Die Produktion stagnierte, die Erfindung kam zum Stillstand und die Steuern waren hoch. Ich nehme an, dass die Talente des Präsidenten eher dazu geeignet waren, einen Staat inmitten der Erschütterungen und Wirren des Krieges zu gründen, als zu den langweiligen Details der Verwaltung; und obwohl er nominell von einem Kabinett aus drei Ministern und einer Versammlung mit 25 Mitgliedern unterstützt wurde, lag die eigentliche Regierungsarbeit auf seinen Schultern. Auf ihm muss daher auch die moralische Verantwortung ruhen – eine Bürde, die der Präsident mit einer Fröhlichkeit und Gelassenheit trug, die fast an Bewusstlosigkeit grenzte.

Ich betrat Aureataland zum ersten Mal im März 1880, als ich mit einem Boot des Dampfers in der Hauptstadt Whittingham am Strand landete. Ich war ein junger Mann, der gerade mein sechsundzwanzigstes Lebensjahr erreichte, und voller Stolz darüber, dass ich schon in so jungen Jahren die verantwortungsvolle Position des Managers in unserer Niederlassung in Aureataland übernehmen sollte . Die Direktoren der Bank verfolgten damals eine abenteuerliche Politik, und als Reaktion auf die dringenden Bitten und glühenden Ermahnungen des Präsidenten hatten sie beschlossen, eine Filiale in Whittingham zu eröffnen. Ich genoss ein gewisses Interesse im Vorstand, da der Vorsitzende meinem Vater einen Geldbetrag schuldete, der zu gering war, um ihn zu nennen, aber zu hoch, um ihn zu bezahlen, und als ich mich, angetrieben von dem jugendlichen Drang nach Neuem, um die Stelle I bewarb Es gelang mir, meinen Wunsch zu erfüllen, und das bei einem Gehalt von hundert Dollar im Monat. Es tut mir leid, sagen zu müssen, dass sich im Laufe einer späteren Geschäftsabwicklung die Verantwortung vom Vorsitzenden auf meinen Vater verlagerte, ein unglückliches Ereignis, das mich meiner Kontrolle über das Unternehmen beraubte und mein Verhalten in späteren Tagen erheblich beeinflusste. Als ich in Aureataland ankam , war die Bank bereits seit etwa sechs Monaten geöffnet, unter der Leitung von Herrn Thomas Jones, einem erfahrenen alten Angestellten, der künftig auf meinen Befehl hin als Hauptkassierer (und tatsächlich als einziger) fungieren sollte.

Ich fand Whittingham, eine hübsche kleine Stadt mit etwa fünftausend Einwohnern, malerisch an einer schönen Bucht gelegen, an der Stelle, an der der Fluss Marcus in den Ozean mündete. Die Stadt bestand größtenteils aus Regierungsgebäuden und Hotels, aber es gab eine Straße voller Geschäfte von nicht gerade gutem Zustand und einen hübschen Platz namens „Piazza 1871", der mit einer Reiterstatue des Präsidenten geschmückt war. Rund um dieses Nationaldenkmal befanden sich zahlreiche Sitzgelegenheiten und in unmittelbarer Nähe ein *Café* und ein Musikpavillon. Hier, so stellte ich bald fest, war nachmittags und abends der Mittelpunkt des Lebens. Etwa eine halbe Meile entlang einer schönen Baumallee gelangten Sie zum „Goldenen Haus", der offiziellen Residenz des Präsidenten, einer imposanten Villa aus weißem Stein mit einer vergoldeten Statue von Aureataland , einer weiblichen Figur, die auf einer Pflugschar sitzt Er hält ein Schwert in der rechten Hand und ein Füllhorn in der linken. Zu ihren Füßen lag etwas, das offenbar eine schlecht geplante Kanonenkugel war; Dies war, wie ich erfuhr, ein Kleinod, und aus seiner Anwesenheit und dem Namen des Palastes schloss ich, dass der Präsident einst gehofft hatte, den Wohlstand seiner jungen Republik auf das solide Fundament des Bodenreichtums zu stützen. Diese Hoffnung war schon lange aufgegeben worden.

Da ich Hotels schon immer gehasst habe, habe ich keine Zeit verloren, mich nach einer Unterkunft umzusehen, die meinen Verhältnissen entsprach, und hatte das Glück, ein paar Zimmer in dem Haus zu bekommen, das von einem katholischen Priester, Pater Jacques Bonchritien, bewohnt wurde . Er war ein sehr guter Kerl, und auch wenn wir uns nicht näher kamen, konnte ich mich immer auf seine Höflichkeit und seine freundlichen Dienste verlassen. Hier lebte ich sehr komfortabel und zahlte fünfzig Dollar im Monat, und bald stellte ich fest, dass meine restlichen fünfzig mich zu einem wohlhabenden Mann in Whittingham machten. Dementsprechend hatte ich *Zutritt* zu allen besten Häusern, einschließlich des Goldenen Hauses, und wir hatten eine sehr angenehme kleine Gesellschaft; Gelegentliche Tänze, häufige Abendessen und viel Rasentennis und Billard verhinderten, dass ich die Langeweile verspürte, die ich ein wenig befürchtet hatte, und die jungen Damen von Whittingham taten ihr Bestes, um meine Verbannung zu trösten. Was das Geschäft angeht, fand ich, dass die Bank ein kleines, aber einigermaßen zufriedenstellendes Geschäft abwickelte, und wenn wir ein paar uneinbringliche Schulden machten, bekamen wir hohe Zinsen für die guten, so dass ich es auf die eine oder andere Weise schaffte, sie nach Hause zu schicken ziemlich zufriedenstellende Berichte, und die Zeit verging trotz gewisser Unzufriedenheitsbekundungen in der Bevölkerung recht ruhig. Auf diese beunruhigenden Phänomene wurde ich zum ersten Mal deutlich aufmerksam, als ich in die Geschicke der Aureataland- Staatsschulden verwickelt wurde, und da sich meine ganze Geschichte um diesen Vorfall dreht, ist er vielleicht ein passendes Thema für ein neues Kapitel.

KAPITEL II.
Ein finanzielles Hilfsmittel.

Als unsere Zweigstelle in Whittingham gegründet wurde, war zwischen uns und der Regierung eine Vereinbarung getroffen worden, nach deren Bedingungen wir die Regierungsgeschäfte übernehmen und tatsächlich einen Großteil der quasi-offiziellen Position einnehmen sollten, die die Bank of England innehatte England zu Hause. Als *Gegenleistung* sollte die Bank der Republik einen Betrag von fünfhunderttausend Dollar zu sechs Prozent leihen. Der Präsident stellte damals einen Kredit von einer Million Dollar für Arbeiten am Hafen von Whittingham bereit. Dieser kluge Herrscher schien auf den Plan gekommen zu sein, öffentliche Arbeiten in großem Umfang als Ausgleich für die Unzufriedenheit der Bevölkerung einzuführen, in der Hoffnung, dadurch nicht nur den Handel zu fördern, sondern auch vielen Menschen Beschäftigung zu verschaffen, die, wenn sie nicht beschäftigt waren, zu Zentren wurden der Aufregung. Dies war zumindest die offizielle Darstellung seiner Politik; Ob es das Richtige war, sah ich später als Grund zum Zweifeln. Was dieses Darlehen betrifft, war mein Amt rein ministerieller Natur. Die Vorkehrungen wurden ordnungsgemäß getroffen, die entsprechenden Garantien wurden gegeben, und im Juni 1880 hatte ich das Vergnügen, dem Präsidenten die fünfhunderttausend Dollar zu übergeben. Bei dieser Gelegenheit erfuhr ich von ihm, dass zu seiner großen Freude der Restbetrag des Darlehens in Anspruch genommen worden sei.

„Wir werden sofort anfangen, Sir", sagte der Präsident in seiner gewohnt selbstbewussten, aber ruhigen Art. „In zwei Jahren wird der Hafen von Whittingham die Welt umrunden. Haben Sie keine Angst vor Ihrem Interesse. Ihre Direktoren haben nie eine bessere Investition getätigt."

Ich dankte Seiner Exzellenz, nahm eine Zigarre an und zog mich beruhigt zurück. Ich war in dieser Angelegenheit nicht verantwortlich und es war mir egal, ob die Direktoren ihr Interesse geweckt hatten oder nicht. Allerdings war ich etwas neugierig, wer den Rest des Darlehens aufgenommen hatte, eine Neugier, die erst nach einiger Zeit befriedigt werden sollte.

Die Arbeiten wurden begonnen und die Zinsen gezahlt, aber ich kann nicht sagen, dass der Hafen schnell vorankam; Tatsächlich bezweifle ich, dass jemals mehr als einhunderttausend Dollar durch die Arbeit in die Taschen von Auftragnehmern oder Arbeitern gelangt sind. Der Präsident ließ einige Löcher graben und einige Mauern errichten; Als er diesen Punkt erreicht hatte, entließ er etwa zwei Jahre nach dem oben aufgezeichneten Interview plötzlich die wenigen noch beschäftigten Arbeiter, und die Sache kam zum Stillstand.

Kurz nach diesem Vorfall wurde mir die Ehre zuteil, im Goldenen Haus zu speisen. Es war im Juli 1882. Selbstverständlich nahm ich die Einladung an, nicht nur, weil es sich um einen Befehl handelte, sondern auch, weil der Präsident ungewöhnlich gute Abendessen gab und, obwohl er Junggeselle war (in Aureataland , Jedenfalls hatte ich einen Haushalt so gut geordnet, wie ich es noch nie erlebt habe. Meine Freude steigerte sich noch mehr, als ich bei meiner Ankunft der einzige Gast war und feststellte, dass der Präsident meine Gesellschaft an sich für ausreichend für eine Abendunterhaltung hielt. Es kam mir in den Sinn, dass es sich vielleicht ums Geschäft handeln könnte, und ich dachte, dass es deswegen nicht schlimmer wäre.

Wir speisten auf der berühmten Veranda, wo so viele brillante Veranstaltungen in Whittingham stattfanden. Das Abendessen war über jeden Zweifel erhaben, die Weine perfekt. Der Präsident war ein charmanter Begleiter. Obwohl er, wie ich bereits angedeutet habe, kein Mann mit großer Bildung war, verfügte er doch über umfangreiche Lebenserfahrung und hatte sich ein zugleich ruhiges und herzliches Benehmen angeeignet, das mich vollkommen beruhigte. Darüber hinaus machte er mir das für die Jugend immer so süße Kompliment, mich wie einen Mann von Welt zu behandeln. Mit herablassender Zuversicht erzählte er mir viele Geschichten aus seiner früheren Zeit; und da er überall gewesen war und alles getan hatte, wo und was ein Mann nicht sein und tun sollte, war seine Unterhaltung natürlich höchst interessant.

„Ich halte mich nicht für ein Vorbild", sagte er nach einer seiner ungewöhnlichsten Anekdoten. „Ich kann nur hoffen, dass meine öffentlichen Dienste einen Ausgleich zu meinen privaten Schwächen schaffen."

Er sagte dies mit einiger Emotion.

„Selbst Eure Exzellenz", sagte ich, „können sich in dieser Hinsicht damit zufrieden geben, die gleiche Nachsicht wie Caesar und Henri Quatre in Anspruch zu nehmen."

„Ganz richtig", sagte der Präsident. „Ich nehme an, das waren sie nicht ganz – oder?"

„Ich glaube nicht", antwortete ich und bewunderte die Bereitschaft des Präsidenten, denn er hatte sicherlich eine sehr vage Vorstellung davon, wer einer von ihnen war.

Das Abendessen war beendet und der Tisch abgeräumt, bevor der Präsident zu einer ernsthaften Unterhaltung bereit zu sein schien. Dann rief er nach Zigarren, schob sie mir hin und sagte:

„Nehmen Sie eins und füllen Sie Ihr Glas. Glauben Sie nicht den Leuten, die Ihnen sagen, dass Sie nicht gleichzeitig trinken und rauchen sollen. Wein ist ohne Rauch besser, und Rauch ist ohne Wein besser, aber die Kombination ist besser als beide einzeln."

Ich gehorchte seinen Befehlen und wir saßen einige Momente schweigend rauchend und nippend da. Dann sagte der Präsident plötzlich:

"Herr. Martin, dieses Land ist in einem gefährlichen Zustand."

„Guter Gott, Eure Exzellenz!" sagte ich: „Beziehen Sie sich auf das Erdbeben?" (Ein paar Tage zuvor hatte es einen leichten Schock gegeben.)

„Nein, Sir", antwortete er, „zu den Finanzen." Die Hafenarbeiten haben sich als weitaus teurer erwiesen, als ich erwartet hatte. Ich halte die Bescheinigung des Ingenieurs in der Hand, dass tatsächlich neunhundertdreitausend Dollar dafür ausgegeben wurden, und dass sie noch nicht fertig sind – keineswegs fertig."

Das waren sie sicherlich nicht; Sie hatten kaum begonnen.

„Meine Güte", wagte ich zu sagen, „das scheint eine Menge Geld zu sein, wenn man bedenkt, was man dafür vorweisen kann."

„An dem Zertifikat können Sie nicht zweifeln, Herr Martin", sagte der Präsident.

Ich bezweifelte die Bescheinigung und hätte gerne nach dem Honorar gefragt, das der Ingenieur erhalten hatte. Aber ich sagte voreilig, es sei natürlich über jeden Verdacht erhaben.

„Ja", sagte er ruhig, „über jeden Verdacht erhaben. Sehen Sie, Herr Martin, in meiner Position bin ich gezwungen, liberal zu sein. Die Regierung kann anderen Arbeitgebern nicht das Beispiel geben, dass sie Männer durch niedrige Löhne erniedrigen. Abgesehen von den Gründen gibt es jedoch eine Tatsache. Ohne mehr Geld können wir nicht weitermachen; und ich kann Ihnen im Vertrauen sagen, dass die politische Situation es zwingend erforderlich macht, dass wir weitermachen. Es wird nicht nur meine persönliche Ehre gewürdigt, sondern auch die Opposition, Herr Martin, angeführt vom Oberst, macht sich selbst abscheulich – ja, ich könnte sagen, sehr abscheulich."

„Der Oberst, Sir", sagte ich mit der Freiheit, die das Essen mit sich bringt, „ist ein Biest."

„Nun", sagte der Präsident mit einem toleranten Lächeln, „der Oberst ist, zum Unglück für das Land, kein wahrer Patriot. Aber er ist mächtig; er ist reich; Er befehligt allein unter meiner Führung die Armee. Und außerdem glaube ich, dass er sich gut mit der Signorina versteht. Tatsächlich ist die

Situation verzweifelt. Ich muss Geld haben, Herr Martin. Werden mir Ihre Direktoren einen neuen Kredit gewähren?"

Ich wusste sehr gut, welches Schicksal eine solche Bewerbung mit sich bringen würde. Die Direktoren waren bereits angesichts ihres ersten Darlehens äußerst unruhig; Aktionäre hatten unangenehme Fragen gestellt, und der Vorsitzende hatte keine geringe Schwierigkeit gehabt, nachzuweisen, dass sich die Investition wahrscheinlich als sicher oder lohnend erweisen würde. Erst zwei Wochen zuvor hatte die Regierung erneut einen formellen Antrag zu demselben Thema bei mir gestellt. Ich telegrafierte den Direktoren und erhielt umgehend eine Antwort mit dem einzigen Wort „ Tootsums ", was in unserem Kodex bedeutete: „Ich muss die Aufnahme von Bewerbungen unbedingt und endgültig ablehnen." Ich übermittelte den Inhalt des Telegramms Seqor Don Antonio de la Casabianca, dem Finanzminister, der sie natürlich seinerseits dem Präsidenten mitgeteilt hatte.

Ich wagte es, Seine Exzellenz an diese Tatsachen zu erinnern. Er hörte mir mit stiller Aufmerksamkeit zu.

„Ich fürchte", schloss ich, „dass es mir daher unmöglich ist, Ihrer Exzellenz behilflich zu sein."

Er nickte und seufzte leicht. Dann sagte er mit einer Miene, als würde er das Thema abschließen:

„Ich nehme an, dass die Direktoren über jeden Verstand verfügen. Gönnen Sie sich einen Brandy und eine Limonade."

„Gestatten Sie mir, eins für Sie zu mischen, Sir", antwortete ich.

Getränke zubereitete, schwieg er. Als ich mich wieder hingesetzt hatte, sagte er:

„Für einen so jungen Mann bekleiden Sie hier eine sehr verantwortungsvolle Position, Mr. Martin – ich bin mir sicher, dass sie Ihre Verdienste nicht übersteigt."

Ich verbeugte mich.

„Sie lassen einem ziemlich freie Hand, nicht wahr?"

Ich antwortete, dass ich, was die Routinegeschäfte betraf, alles getan habe, was mir selbst gut vorkam.

„Routinegeschäft? einschließlich Investitionen zum Beispiel?" er hat gefragt.

„Ja", sagte ich; „Investitionen im normalen Geschäftsverlauf – das Diskontieren von Rechnungen und das Anlegen von Geldern für Kredite und Hypotheken hier." Ich lege das Geld an und informiere lediglich die Leute zu Hause darüber, was ich getan habe."

„Es ist ein echtes Vertrauen, auf Sie zu vertrauen", war der Präsident so freundlich zu sagen. „Vertrauen ist das Leben eines Unternehmens; Du musst einem Mann vertrauen. Es wäre absurd, Sie dazu zu zwingen, die Rechnungen, Urkunden, Bescheinigungen und alles andere nach Hause zu schicken. Das würden sie natürlich nicht tun."

Obwohl dies eine Aussage war, klang es irgendwie auch wie eine Frage, also antwortete ich:

„In der Regel machen sie mir das Kompliment, wenn sie auf mein Wort vertrauen. Tatsache ist, dass sie, wie Ihre Exzellenz sagt, verpflichtet sind, jemandem zu vertrauen."

„Genau wie ich es mir vorgestellt habe. Und Sie müssen manchmal große Summen platzieren?"

Zu diesem Zeitpunkt begann ich trotz meines Respekts vor dem Präsidenten, eine Ratte zu riechen.

„Oh nein, Sir", antwortete ich, „normalerweise sehr klein." Unser Geschäft ist nicht so umfangreich, wie wir es uns wünschen könnten."

„Was auch immer", sagte der Präsident und sah mir direkt ins Gesicht, „was auch immer üblich sein mag, in diesem Moment haben Sie eine große Summe – eine sehr respektable Summe – Geld in Ihrem Safe bei der Bank, die auf eine Investition wartet."

„Woher zum Teufel weißt du das?" Ich weinte.

"Herr. Martin! Es ist zweifellos meine Schuld; Ich neige zu dazu, die Etikette zu ignorieren. aber du vergisst dich selbst."

Ich beeilte mich, mich zu entschuldigen, obwohl ich mir ziemlich sicher war, dass der Präsident über eine seltsame Transaktion nachdachte, wenn nicht sogar über einen einfachen Einbruch.

„Zehntausend Verzeihung, Exzellenz, für meinen ungebührlichen Ton, aber darf ich fragen, wie Sie in den Besitz dieser Informationen gelangt sind?"

„Jones hat es mir erzählt " , sagte er schlicht.

Da es unhöflich gewesen wäre, die Überraschung zum Ausdruck zu bringen , die ich über die Einfachheit von Jones bei der Wahl eines solchen *Vertrauten empfand* , schwieg ich.

„Ja", fuhr der Präsident fort, „aufgrund der jüngsten Verkäufe Ihrer Immobilien in diesem Land (die Verkäufe sind, wie ich befürchte, auf einen

Mangel an Vertrauen in meine Verwaltung zurückzuführen), verfügen Sie derzeit über eine Summe von dreihunderttausend Dollar." im Banksafe. Nun (unterbrechen Sie mich bitte nicht) die Erfahrung eines geschäftigen Lebens lehrt mich, dass geschäftlicher Ruf und Redlichkeit von Ergebnissen und nicht von Methoden abhängen. Ihre Direktoren haben Vorurteile gegen mich und meine Regierung . Diese Vorurteile können Sie mit Ihren überlegenen Urteilsmöglichkeiten nicht teilen. Sie werden Ihren Arbeitgebern am besten dienen, wenn Sie für sie tun, wozu sie selbst nicht den Verstand und den Mut haben. Ich schlage vor, dass Sie die Verantwortung dafür übernehmen, mir dieses Geld zu leihen. Die Transaktion wird sich auf den Gewinn der Bank auswirken. „Es wird auch zu Ihrem Gewinn führen", fügte er langsam hinzu.

Ich begann, meinen Weg zu sehen. Aber es gab Schwierigkeiten.

„Was soll ich den Direktoren sagen?" Ich fragte.

„Sie werden die übliche Rendite für Investitionen und ausstehende Schulden, Hypotheken und Darlehen auf genehmigte Sicherheiten erzielen – aber Sie wissen es besser als ich."

„Eure Exzellenz bedeutet falsche Retouren?"

„Sie werden zweifellos formal ungenau sein", räumte der Präsident ein.

„Was ist, wenn sie Beweise verlangen?" sagte ich. – „Ausreichend für den Tag", sagte der Präsident.

Aureataland voranzutreiben . Es gibt jedoch zwei Punkte, die mir einfallen. Erstens: Wie kann ich mich gegen den Ausfall meiner Zinsen absichern? Das muss ich haben."

„Ganz recht", unterbrach er. „Und den zweiten Punkt kann ich vorwegnehmen. Welches Zeichen meiner Dankbarkeit für Ihre rechtzeitige Hilfe kann ich von Ihnen annehmen?"

„Die Menschenkenntnis Eurer Exzellenz ist überraschend."

„Schenken Sie mir bitte Ihre Aufmerksamkeit, Herr Martin, und ich werde versuchen, Ihre beiden sehr vernünftigen Anforderungen zu erfüllen. Sie haben 300.000 $; Diese werden Sie mir übergeben und im Gegenzug sechs Prozent der Regierung erhalten. Wenn Sie Anleihen in dieser Höhe erwerben, gebe ich Ihnen dann 65.000 US-Dollar zurück. 45.000 werden Sie als Sicherheit für Ihre Interessen behalten. Sollte Aureataland seinen Verpflichtungen nicht ordnungsgemäß nachkommen, zahlen Sie die Zinsen in Höhe von 300.000 % dieser Summe. Das sichert Sie für mehr als zwei Jahre vor einem absoluten Zinsausfall ab, den Sie eigentlich nicht zu befürchten brauchen. Bis das Geld benötigt wird, können Sie es verwenden. Ich werde Sie bitten, die restlichen 20.000 als Provision oder vielmehr als

Zeichen meiner Wertschätzung anzunehmen. Zweihunderttausend auf jeden Fall – 45.000, solange Aureataland Zinsen zahlt! Sie müssen zugeben, dass ich mit Ihnen wie ein Gentleman umgehe, Mr. Martin. Das Ergebnis ist, dass Ihre Direktoren ihre Zinsen erhalten, ich meinen Kredit und Sie Ihren Bonus. Wir alle haben davon profitiert; Niemand ist verletzt! All dies geschieht auf Kosten einer harmlosen List."

Ich war voller Bewunderung. Der Plan war sehr ordentlich, und soweit es den Präsidenten und mich betraf, hatte er lediglich auf seine Vorteile hingewiesen. Was die Regisseure betrifft, würden sie wahrscheinlich ihr Interesse wecken; Jedenfalls würden sie es für zwei Jahre bekommen. Es bestand natürlich ein Risiko; Eine Nachfrage nach Beweisen für meine angeblichen Investitionen oder ein plötzlicher Befehl, kurzfristig eine hohe Summe zu realisieren, würde mir das Haus auf den Kopf stellen. Aber ich hatte mit diesem *Konflikt* nicht gerechnet , und im schlimmsten Fall hatte ich meine zwanzigtausend Dollar und konnte mich damit knapp machen. Diese Berechnungen waren im Moment völlig richtig, aber ich habe sie später durcheinander gebracht, indem ich die Dollars ausgegeben und ein Unentschieden abgeschlossen habe, was die Flucht aus Aureataland zu einer unangenehmen Alternative machte.

„Nun, Herr Martin", sagte der Präsident, „stimmen Sie zu?"

Ich zögerte immer noch. War es ein moralisches Skrupel? Wahrscheinlich nicht, es sei denn, Klugheit und Moral sind tatsächlich dasselbe.

Der Präsident stand auf und legte seine Hand auf meine Schulter.

„Sag lieber ja. Ich könnte es nehmen, wissen Sie, und Sie verschwinden lassen – glauben Sie mir, mit Widerwillen, Mr. Martin. Es stimmt, dass mir dieser Kurs nicht gefallen sollte. Es würde meine Position hier vielleicht unhaltbar machen. Aber wenn wir nicht das Geld hätten, wäre es sicherlich unhaltbar."

Ich erkannte die Stärke dieses Arguments, trank meinen Brandy und meine Limonade hinunter und sagte:

„Euer Exzellenz kann ich nichts abschlagen."

„Dann nimm deinen Hut und komm mit zur Bank", sagte er.

Das war harte Arbeit.

„Eure Exzellenz haben nicht vor, das Geld jetzt – heute Abend – zu nehmen?" rief ich aus.

„Nicht um es anzunehmen, Herr Martin – um es von Ihnen zu empfangen. Wir haben unser Geschäft gemacht. Was spricht gegen eine zügige Durchführung?"

„Aber ich muss die Anleihen haben. Sie müssen vorbereitet sein, Sir."

„Sie sind hier", sagte er und nahm ein Bündel aus der Schublade eines Schreibtisches. „Dreihunderttausend Dollar, sechs Prozent. Lagerbestand, von mir selbst signiert und von Don Antonio gegengezeichnet. Nimm deinen Hut und komm mit."

Ich habe getan, was mir geboten wurde.

KAPITEL III.
Ein Übermaß an Autorität.

Es war eine wunderschöne Mondnacht, und Whittingham sah von ihrer besten Seite aus, als wir die Allee entlang gingen, die zur Piazza 1871 führte. Der Präsident ging zügig, still, aber gelassen; Ich folgte ihm, die Unruhe in meinem Kopf spiegelte sich in einer etwas trägen Miene wider, und es tröstete mich nicht besonders, als der Präsident die Stille der Nacht durchbrach, indem er sagte:

„Sie haben Ihren Fuß auf die erste Stufe der Leiter gesetzt, die zu Ruhm und Reichtum führt, Herr Martin.“

Ich hatte eher Angst, dass ich es auf die erste Sprosse der Leiter gesetzt hatte, die zum Galgen führt. Aber da war der Fuß; Was sich herausstellte, war die Leiter in den Händen der Götter; Also ließ ich die Sorge beiseite, und als wir die Piazza betraten, deutete ich auf die Statue und sagte:

„Sehen Sie sich mein inspirierendes Beispiel an, Exzellenz.“

„Bei Gott, ja!“ er antwortete; „Ich nutze meine Chancen optimal.“

Ich wusste, dass er mich als eine seiner Chancen betrachtete und das Beste aus mir machte. Das ist kein angenehmer Standpunkt, von dem aus man sich selbst betrachten kann, also wechselte ich das Thema und sagte:

„Sollen wir nach Don Antonio rufen?“

"Warum?"

„Nun, da er Finanzminister ist, dachte ich, dass seine Anwesenheit die Angelegenheit vielleicht geregelter machen würde.“

„Wenn die Anwesenheit des Präsidenten“, sagte dieser Beamte, „eine Angelegenheit nicht in Ordnung bringen kann, weiß ich nicht, was das kann.“ Lass ihn weiterschlafen. Reicht seine Unterschrift auf den Anleihen nicht aus?“

Was könnte ich tuen? Ich habe noch einen schwachen Einwand erhoben:

„Was sollen wir Jones sagen?“

„Was sollen *wir* Jones sagen?“ wiederholte er. „Wirklich, Herr Martin, Sie müssen bei dem, was Sie Ihren Mitarbeitern sagen, Diskretion walten lassen. Von mir kann man kaum erwarten, dass ich Jones etwas erzähle, ansonsten ist es ein schöner Morgen.“

Wir hatten jetzt die Bank erreicht, die in der Liberty Street stand, einer Abzweigung von der Piazza. Ich zog meinen Schlüssel heraus, schloss die

Tür auf und wir traten gemeinsam ein. Wir gingen in mein Allerheiligstes, wo der Safe stand.

„Was ist drin?" fragte der Präsident.

„US-Anleihen und Wechsel zu New York und London", antwortete ich.

„Gut", sagte er. "Lass mich sehen."

Ich öffnete den Safe und nahm die Wertpapiere heraus. Er untersuchte sie sorgfältig und steckte jedes nach gebührender Prüfung in eine kleine Handtasche, in der er die Anleihen, die ich erhalten sollte, mitgebracht hatte. Ich stand daneben und hielt eine schattige Kerze in der Hand. In diesem Moment rief eine Stimme von der Tür:

„Wenn ihr euch bewegt, seid ihr tote Männer!"

Ich zuckte zusammen und schaute nach oben. Der Präsident blickte auf, ohne aufzuschrecken. Da war der liebe alte Jones, der aus seinem oberen Zimmer herabstieg, wo er und Mrs. Jones wohnten. Er war nur mit seinem Nachthemd bekleidet und zielte mit einer gewaltigen Gewehrladung auf den erhabenen Kopf Seiner Exzellenz.

„Ah, Mr. Jones", sagte dieser, „es ist ein schöner Morgen."

„Mein Gott, der Präsident!" rief Jones; „Und Herr Martin! Warum, was zum Teufel, meine Herren …"

Der Präsident winkte mir sanft mit der Hand zu, als wollte er sagen: „Mr. „Martin wird es erklären", und fuhr fort, seine Wertpapiere in die Tasche zu legen.

Angesichts dieser Krise verließ mich mein Zögern.

„Ich habe ein Telegramm aus Europa erhalten, Jones", sagte ich, „mit der Anweisung, Seiner Exzellenz eine Geldsumme vorzuschießen; Ich bin damit beschäftigt, diese Anweisungen auszuführen."

"Kabel?" sagte Jones. "Wo ist es?"

„In meiner Tasche", sagte ich und tastete danach. "NEIN! Warum ich es wohl im Goldenen Haus gelassen habe."

Der Präsident kam mir zu Hilfe.

„Ich habe es auf dem Tisch gesehen, kurz bevor wir angefangen haben. Obwohl ich annehme, dass Mr. Jones kein *Recht hat* –"

„Überhaupt keine", sagte ich knapp.

„Aber als Zugeständnis wird Mr. Martin es ihm zweifellos morgen zeigen?"

„Vielleicht aus reinen Zugeständnissen, obwohl ich zugeben muss, dass ich von Ihrem Verhalten überrascht bin, Mr. Jones."

Jones sah traurig verwirrt aus.

„Es ist alles unregelmäßig, Sir", sagte er.

„Kaum mehr als dein Kostüm!" sagte der Präsident freundlich.

Jones war ein bescheidener Mann, und als ihm so bewusst wurde, wie verheerend der Luftzug seine luftige Decke anrichtete, schloss er hastig die Tür und sagte flehend zu mir:

„Es ist alles in Ordnung, Sir, nehme ich an?"

„Völlig richtig", sagte ich. – „Aber streng vertraulich", fügte der Präsident hinzu. „Und Sie werden mir eine persönliche Verpflichtung auferlegen, Mr. Jones, und gleichzeitig Ihre Pflicht gegenüber Ihren Arbeitgebern erfüllen, wenn Sie bis zur offiziellen Bekanntgabe der Transaktion Stillschweigen bewahren. Ein Mann, der mir dient, bereut es nicht."

Hier nutzte er eine weitere Gelegenheit – diesmal Jones.

„Genug davon", sagte ich. „Ich werde die Angelegenheit morgen früh durchgehen, und in der Zwischenzeit sollten Sie nicht besser zu ..."

"Frau. Jones", warf Seine Exzellenz ein. „Und denken Sie daran, Schweigen, Mr. Jones!"

Während er das sagte, ging er auf Jones zu und sah ihn eindringlich an.

„Stillen Männern geht es am besten gut und sie leben am längsten, Mr. Jones."

Jones blickte in seine stählernen Augen und zitterte plötzlich.

Der Präsident war zufrieden. Er stieß ihn abrupt aus dem Zimmer und wir hörten seine schlurfenden Schritte die Treppe hinauf.

Seine Exzellenz wandte sich an mich und sagte offensichtlich verärgert:

„Sie hinterlassen mir viel, Herr Martin."

Er hatte sicherlich mehr getan, als Jones zu sagen, dass es ein schöner Morgen war. Aber ich war zu beunruhigt, um ihm zu danken; Ich dachte an das Kabel. Der Präsident erriet meine Gedanken und sagte:

„Sie müssen dieses Kabel vorbereiten."

„Ja", antwortete ich; „Das würde ihn beruhigen. Aber ich habe in solchen Dingen nicht viel Übung, und ich weiß nicht so recht ..."

Der Präsident kritzelte ein paar Worte auf ein Blatt Papier und sagte:

„Bringen Sie das zur Post, dort erhalten Sie das richtige Formular. du kannst es auffüllen."

Gewiss geht manches leicht von der Hand, wenn das Staatsoberhaupt Ihr Mitverbrecher ist.

„Und jetzt, Herr Martin, wird es spät. Ich habe meine Sicherheiten; Du hast deine Bindungen. Wir haben Jones überzeugt. Alles wird Gut. Aureataland ist gerettet. Sie haben Ihr Vermögen gemacht, denn dort liegen Ihre fünfundsechzigtausend Dollar. Und im Großen und Ganzen bin ich Ihnen sehr dankbar. Ich werde Sie nicht belästigen, mich bei meiner Rückkehr zu begleiten. Gute Nacht, Herr Martin."

Er ging hinaus, und ich warf mich in meinen Bürostuhl und starrte auf die Fesseln, die er mir hinterlassen hatte. Ich fragte mich, ob er mich lediglich zu einem Werkzeug gemacht hatte; ob ich ihm vertrauen konnte; ob ich gut daran getan hatte, meine Ehrlichkeit zu opfern und mich auf seine Versprechen zu verlassen. Und doch lag dort meine Belohnung; und da mich rein moralische Erwägungen nicht störten, stand ich bald auf, legte die Staatsanleihen und die Wertpapiere in Höhe von 65.000 Dollar in den Safe, schloss alles ab und ging nach Hause in meine Unterkunft. Als ich hineinging, war es heller Tag, denn es war fünf Uhr, und ich traf Pater Jacques, der gerade einen Ausflug machte. Er hatte bereits gefrühstückt und war auf dem Weg, den Blumenfrauen auf der Piazza frühzeitig Trost zu spenden. Er unterbrach mich mit einem traurigen Blick und sagte:

„Ah, mein Freund, das sind unpassende Stunden."

Ich sah, dass ich unter einem ungerechtfertigten Verdacht litt – etwas Abscheuliches.

„Ich komme gerade erst von der Bank", sagte ich. „Ich musste im Golden House zu Abend essen und kehrte danach zurück, um ein bisschen Arbeit zu erledigen."

"Ah! das ist gut", rief er. „Es ist also der fleißige und nicht der müßige Lehrling, den ich treffe?" Ich beziehe mich auf eine Reihe berühmter Drucke, mit denen mein Zimmer dekoriert war, ein Geschenk meines Vaters bei meiner Abreise.

Ich nickte, ging weiter und sagte mir: „In der Tat, verdammt fleißig. Nicht viele Männer haben eine solche Nachtarbeit geleistet wie ich."

Und so wurde mein Vermögen mit dem der Staatsschulden von Aureataland verknüpft.

KAPITEL IV.
OUVERTUREN DER OPPOSITION.

Nachdem die oben genannten Vorfälle aufgezeichnet wurden, ging es einige Monate lang ruhig weiter. Ich hatte ein ernstes Gespräch mit Jones und machte ihm schwere Vorwürfe für sein unverschämtes Verhalten. Er kapitulierte resigniert, als ihm das Kabel gezeigt wurde, das auf die vom Präsidenten freundlicherweise angegebene Weise beschafft wurde. Letzterer hatte es vielleicht zu eilig mit seinen schweren Waffen, denn sein Anflug von Gewalt hatte Jones' Befürchtungen eher geweckt als zerstreut. Wenn es nichts zu verbergen gäbe, warum sollte Seine Exzellenz dann nicht beim Mord bleiben, um es zu verbergen? Ich erklärte ihm jedoch die Erwägungen hoher Politik, die unantastbare Geheimhaltung vorschrieben und eine etwas willkürliche Art und Weise im Umgang mit einem vertrauenswürdigen Beamten rechtfertigten; und die ausgeprägte Freundlichkeit, mit der Jones empfangen wurde, als er den Präsidenten im Finanzministerium über aktuelle Geschäfte traf, löschte seine unangenehmen Erinnerungen bei weitem aus. Darüber hinaus band ich ihn an mein Vermögen, indem ich von den Direktoren eine Gehaltserhöhung für ihn erwirkte, „infolge des positiven Berichts seines Verhaltens, den er von Herrn Martin erhalten hatte."

So friedlich die Dinge auch schienen, ich fühlte mich nicht ganz wohl. Zunächst einmal hat das neue Darlehen die Finanzlage von Aureataland offenbar überhaupt nicht verbessert . Am Schauplatz der Hafenarbeiten herrschte noch immer Trostlosigkeit; Es gab die übliche Schwierigkeit, Gehälter zu zahlen und laufende Ausgaben zu bestreiten. Der Präsident hat mein Vertrauen hinsichtlich der Verwendung seiner Gelder nicht erbeten; tatsächlich war ich schon bald beunruhigt, als ich eine zunehmende Kälte in seinem Verhalten bemerkte, die ich gleichzeitig als undankbar und bedrohlich empfand; und als das Halbjahr vorüber war, weigerte er sich entschieden, mehr als die Hälfte der für den zweiten Kredit fälligen Zinsen auszuzahlen, und zwang mich so, auf meine Reserve von 45.000 Dollar zurückzugreifen. Er nannte mir viele gute Gründe für dieses Verhalten, wobei er sich hauptsächlich mit der notwendigen Unproduktivität öffentlicher Arbeiten in ihrem Anfangsstadium beschäftigte und mir selbstbewusst die volle Bezahlung mit Rückständen beim nächsten Mal versprach. Dennoch begann ich zu erkennen, dass ich mit der Möglichkeit einer kontinuierlichen Abwanderung von Ressourcen konfrontiert sein musste, von denen ich so sehr gehofft hatte, dass sie mir zumindest für längere Zeit für meine eigenen Zwecke zur Verfügung stehen würden. So trug das eine und das andere dazu bei, einen Bruch zwischen Seiner Exzellenz und mir zu öffnen, und obwohl ich nie aufhörte, seinen Charme als privater

Begleiter zu spüren, mein Misstrauen ihm gegenüber als Herrscher und, das darf ich hinzufügen, als Mitverschwörer , stetig vertieft.

Andere Einflüsse wirkten zu dieser Zeit – denn wir haben jetzt den Anfang des Jahres 1883 erreicht – in die gleiche Richtung. Reich im Besitz meines „Bonus" hatte ich mich noch freier als zuvor in die Fröhlichkeit von Whittingham gestürzt, und wo ich zuvor willkommen gewesen war, war ich nun ein doppelt geehrter Gast. Ich hatte es mir auch angewöhnt, auf etwas höherem Niveau zu spielen, und es war mein Ruf als mutiger Spieler, der mir die Ehre einbrachte, mit der Signorina bekannt zu sein, der Dame, von der der Präsident bei seinem Interview mit mir gesprochen hatte; und meine Bekanntschaft mit der Signorina war sehr fruchtbar.

Diese Dame war nach dem Präsidenten vielleicht die bekannteste Person im Aureataland – am bekanntesten, das heißt ihrem Namen, ihrem Gesicht und ihrem Ruhm nach –, denn ihre Vorgeschichte und Umstände waren in ein undurchdringliches Geheimnis gehüllt. Als ich im Land ankam, hatte sich Signorina Christina Nugent etwa ein Jahr lang dort niedergelassen. Sie war ursprünglich als Mitglied einer Opernkompanie aufgetreten, die aus den Vereinigten Staaten unserem Nationaltheater einen Besuch abgestattet hatte. Das Unternehmen setzte seinen nicht gerade glänzenden Weg fort, doch die Signorina blieb zurück. Es hieß, sie habe Gefallen an Whittingham gefunden und sich, unabhängig von ihrem Beruf, entschlossen, dort einen Aufenthalt zu verbringen. Jedenfalls war sie da; Ob sie Gefallen an Whittingham fand oder ob jemand in Whittingham Gefallen an ihr fand, blieb zweifelhaft. Sie ließ sich in einer hübschen Villa nieder, die dicht an das Goldene Haus grenzte; es stand gegenüber dem Präsidentengelände und bot einen Blick auf diese stattliche Einfriedung ; und hier wohnte sie unter der Obhut einer Dame, die sie „Tante" nannte und die im Rest der Welt als Mrs. Carrington bekannt war. Der Titel „Signorina" war rein beruflicher Natur; Soweit ich weiß, war auch der Name „Nugent" ein Wunschgeschöpf; Aber jedenfalls gab die Dame selbst nie vor, etwas anderes als Engländerin zu sein, und erklärte offen, dass sie ihren Titel nur deshalb behielt, weil er musikalischer war als der von „Miss". Die alte Dame und die junge Frau lebten scheinbar in großer Freundschaft und sicherlich in größtem materiellen Komfort zusammen; denn sie verdienten wahrscheinlich mehr Geld als jeder andere in der Stadt, und dort, wo das Geld herkam, schien es immer noch viel mehr zu geben. Woher es kam, war, wie ich kaum sagen muss, in gesellschaftlichen Kreisen ein Thema großer Neugier; und wenn ich behaupte, dass die Signorina jetzt etwa dreiundzwanzig Jahre alt war und ein bemerkenswert ansprechendes Aussehen hatte, muss man zugeben, dass wir in Whittingham nicht schlechter waren als andere Leute, wenn wir einen unbarmherzigen Verdacht hegten. Die Signorina machte die Entdeckung jedoch keineswegs einfach. Sie würde fast sofort zu einer führenden Persönlichkeit der

Gesellschaft; ihr *Salon* war der Treffpunkt aller Partys und der meisten Bühnen; Sie erhielt viele freundliche Aufmerksamkeiten vom Goldenen Haus, aber keine, die definitiv zu einer Verleumdung führen könnte. Sie war auch häufig die Gastgeberin von Mitgliedern der Opposition und von niemandem häufiger als ihrem Anführer, Colonel George McGregor, einem Gentleman schottischer Abstammung, aber nicht ausgeprägter nationaler Prägung, der im Land seiner Wahl eine hohe Stellung erlangt hatte ; denn er führte nicht nur die Opposition in der Politik an, sondern war auch stellvertretender Befehlshaber der Armee. Er trat als einer der Kandidaten des Präsidenten in die Kammer ein (denn dieser hatte sich die Befugnis vorbehalten, fünf Mitglieder zu ernennen), aber zu dem Zeitpunkt, über den ich schreibe, hatte der Oberst seinen früheren Chef im Stich gelassen und war sich seiner Beliebtheit bei den Streitkräften sicher , widersetzte sich dem Mann, mit dessen Hilfe er aufgestiegen war. Natürlich mochte der Präsident ihn nicht, ein Gefühl, das ich herzlich teilte. Aber die Missbilligung Seiner Exzellenz hinderte die Signorina nicht daran, McGregor mit großer Herzlichkeit zu empfangen, wenn auch auch hier nicht mit mehr *Empathie* , als seine Position zu erfordern schien.

Ich bin genauso neugierig wie meine Nachbarn, und ich war entsprechend erfreut, als mir die Türen von „Mon Repos", wie die Signorina ihr Zuhause nannte, geöffnet wurden. Ich muss gestehen, dass meine Neugier nicht ohne andere Gefühle war; denn ich war im Herzen ein junger Mann, obwohl die Ereignisse mir ernüchternde Verantwortung auferlegt hatten, und der Anblick der Signorina bei ihren täglichen Fahrten reichte aus, um sogar die Seele eines Bankdirektors zu erschüttern. Sie war auf jeden Fall sehr schön – ein großes, blondes Mädchen mit geraden Gesichtszügen und lachenden Augen. Ich werde mich nicht um weitere Beschreibungen bemühen, denn alle derartigen Beschreibungen klingen alltäglich, und die Signorina war, selbst nach Aussage ihrer Feinde, zumindest alles andere als alltäglich. Es muss genügen zu sagen, dass sie, wie Pater O'Flynn , „so mit ihr umging", dass wir alle Männer in Aureataland , alt und jung, reich und arm, ihr zu Füßen lagen oder bereit waren, dabei zu sein am wenigsten Ermutigung. Meiner Meinung nach war sie das wahre Genie an Gesundheit, Schönheit und Fröhlichkeit; Und sie verlieh ihren Reizen die Krönung, indem sie die Bewunderung, die ihr zuteil wurde, sehr offen und offen herausforderte und wertschätzte. Denn schließlich sind es nur außergewöhnliche Männer, die von *anspruchsvoller* Schönheit angezogen werden; Für die meisten von uns ist die gnädige Aufnahme unserer schüchternen Annäherungsversuche die subtilste Versuchung des Teufels.

Man kann also annehmen, dass ich mein Geld sehr gut angelegt hielt, als es mir eine Einladung zu „Mon Repos" verschaffte, wo die Dame des Hauses die Angewohnheit hatte, ihren männlichen Freunden eine vornehme Menge an Glücksspielen zu erlauben. Sie spielte nie selbst, sondern stand da und schaute mit großem Interesse zu. Gelegentlich versuchte sie das Glück durch die Hand eines auserwählten Stellvertreters herauszufordern, und nichts könnte hübscher oder künstlerischer sein als ihr Verhalten. Sie war gerade eifrig genug für ein Mädchen, das die Aufregung nicht gewohnt war und den Triumph liebte, gerade gleichgültig genug, um zu zeigen, dass ihr Spiel nur ein Zeitvertreib war und der Gewinn oder Verlust des Geldes keine Rolle spielte. Ah! Signorina, du warst eine großartige Künstlerin.

Bei „Mon Repos" wurde ich bald zu einem Stammgast und, wie ich mir vorstellen konnte, zu einem gern gesehenen Gast. Mrs. Carrington, die ein tiefes Misstrauen gegenüber den Manieren und Exzessen von Aureataland hegte , war so freundlich, mich für überaus respektabel zu halten, während die Signorina die Anmut selbst verkörperte. Ich wurde sogar in den erlesenen Kreis der Dinnerparty aufgenommen, die in der Regel ihrem Empfang am Mittwochabend vorausging, und war eine feste Größe am kleinen Roulettebrett, das von allen Glücksspielen das Lieblingsvergnügen unserer Gastgeberin war . Der Oberst war, was mir nicht gefiel, ein ebenso regelmäßiger Gast, und der Präsident selbst ehrte die Gruppe oft mit seiner Anwesenheit, eine Ehre, die wir ziemlich teuer fanden, denn sein Glück bei allen Geschicklichkeits- und Glücksspielen war außergewöhnlich.

„Ich habe Fortune immer vertraut", sagte er, „und für mich ist sie nicht wankelmütig."

„Wer wäre wankelmütig, wenn Eure Exzellenz ihr vertrauen würde?" Die Signorina antwortete mit einem Blick fast zärtlicher Bewunderung.

So etwas gefiel McGregor nicht. Er machte kein Hehl daraus, dass er unter den Bewunderern der Signorina den ersten Platz einnahm, und lehnte es sogar strikt ab, dem Präsidenten Platz zu machen. Dieser nahm seine Grobheit sehr still; und ich konnte mich der Schlussfolgerung nicht entziehen, dass der Präsident die Trümpfe in der Hand hatte oder zu haben glaubte. Natürlich war ich äußerst eifersüchtig auf diese beiden großartigen Männer, und obwohl ich keinen Grund hatte, mich über meine Behandlung zu beschweren, konnte ich einen gewissen Groll wegen der Vorstellung nicht unterdrücken, dass ich schließlich ein Außenseiter war und keinen Anteil daran hatte das wahre Drama, das sich abspielte. Mein Glück wurde zusätzlich durch die Tatsache gedämpft, dass das Glück ständig gegen mich war und ich sah, wie mein Bonus sehr schnell schwand. Ich denke, ich kann genauso gut ehrlich sein und gestehen, dass mein Bonus, streng genommen, innerhalb von sechs Monaten, nachdem ich „Mon Repos" zum ersten Mal betreten hatte, verschwunden war und ich es für notwendig hielt, vorübergehend den „Zinsfonds" zu nutzen. ", was mir der Präsident im Rahmen unserer Vereinbarung als offen erklärt hatte. Meine diesbezügliche

Beunruhigung ließ jedoch nach, als die nächste Zinsrate pünktlich gezahlt wurde, und mit jugendlichem Selbstvertrauen zweifelte ich kaum daran, dass sich das Glück bald wenden würde.

So verging die Zeit, und zu Beginn des Jahres 1884 führten wir alle ein scheinbar fröhliches und sorgenfreies Leben. In öffentlichen Angelegenheiten war die Stimmung ganz anders. Die Geldknappheit war groß, und es kam zu ernstem Gemurmel , als der Präsident sein vorhandenes Geld für den Kauf von Zinsen „verschwendete" und seine Beamten und Soldaten unbezahlt ließ. Dies war damals das Thema vieler Diskussionen in der Presse, als ich an einem Märzabend bei der Signorina vorbeikam . Ich war in der Bank festgehalten worden und fand das Stück in vollem Gange, als ich eintrat. Die Signorina beteiligte sich nicht daran, sondern saß allein auf einem niedrigen Sofa am Verandafenster. Ich ging auf sie zu und verbeugte mich.

„Sie ersparen uns nur wenig Zeit, Mr. Martin", sagte sie.

„Ah, aber du hast alle meine Gedanken", antwortete ich, denn sie sah bezaubernd aus.

„Deine Gedanken interessieren mich nicht so sehr", sagte sie. Dann, nach einer Pause, fuhr sie fort: „Es ist sehr heiß hier, kommen Sie in den Wintergarten."

Es sah fast so aus, als hätte sie auf mich gewartet, und ich folgte voller Freude in das lange, schmale Glashaus, das parallel zum *Salon verlief* . Hohe grüne Pflanzen verbargen uns vor den Blicken derer, die sich drinnen befanden, und wir hörten nur deutlich die Stimme Seiner Exzellenz, die mit viel Herzlichkeit zum Oberst sagte: „Nun, Sie müssen Glück in der Liebe haben, Oberst", woraus ich schloss, dass der Oberst es war nicht in der Art von Karten.

Die Signorina lächelte leicht, als sie es hörte; Dann pflückte sie eine weiße Rose, drehte sich um und stand mir gegenüber, leicht gerötet, als wäre sie innerlich erregt.

„Ich fürchte, diese beiden Herren lieben sich nicht", sagte sie.

„Kaum", stimmte ich zu.

„Und du, liebst du sie – oder einen von beiden?"

„Ich liebe nur eine Person im Aureataland ", antwortete ich so leidenschaftlich, wie ich es wagte.

Die Signorina biss in ihre Rose und blickte mit ungeheuchelter Belustigung und Freude zu mir auf. Ich glaube, ich habe erwähnt, dass sie nichts gegen ehrliche Bewunderung hatte.

„Ist es möglich, dass du mich meinst?" sagte sie und machte mir ein wenig Höflichkeit. „Das glaube ich nur, weil die meisten Damen aus Whittingham Ihren anspruchsvollen Geschmack nicht befriedigen würden."

„Keine Dame auf der Welt könnte mich befriedigen, außer einer", antwortete ich und dachte, sie nahm es etwas zu leichtfertig.

"Ah! das sagst du", sagte sie. „Und dennoch nehme ich nicht an, dass Sie etwas für mich tun würden, Herr Martin?"

„Es wäre mein größtes Glück", rief ich.

Sie sagte nichts, sondern stand da und biss in die Rose.

„Gib es mir", sagte ich; „Es soll mein Dienstabzeichen sein."

„Du wirst mir also dienen?" sagte sie.

„Für welche Belohnung?"

„Na, die Rose!"

„Der Besitzer würde mir auch gefallen", wagte ich zu bemerken.

„Die Rose ist hübscher als ihre Besitzerin", sagte sie; „Und auf jeden Fall eins nach dem anderen, Herr Martin! Zahlst du deinen Dienern ihren gesamten Lohn im Voraus?"

Meine Praxis war so sehr das Gegenteil, dass ich die Kraft ihrer Argumentation wirklich nicht leugnen konnte. Sie hielt mir die Rose hin. Ich ergriff es und drückte es dicht an meine Lippen, wodurch es erheblich zusammengedrückt wurde.

„Meine Güte", sagte die Signorina, „ich frage mich, ob Sie es so grob behandelt hätten, wenn ich Ihnen das andere gegeben hätte."

„Ich zeige es dir gleich", sagte ich. „Danke, nein, nicht jetzt", sagte sie und zeigte keine Sorge, denn sie wusste, dass sie bei mir in Sicherheit war. Dann sagte sie plötzlich:

„Sind Sie ein Konstitutionalist oder ein Liberaler, Herr Martin?"

Ich muss erklären, dass im üblichen Rennen um den früheren Titel die Partei des Präsidenten den ersten Platz belegt hatte und die Truppe des Obersten (wie ich sie privat nannte) sich mit der alternativen Bezeichnung abfinden musste. Keiner der Namen hatte etwas mit Fakten zu tun.

„Werden wir über Politik reden?" sagte ich vorwurfsvoll.

"Ja ein bisschen; Wie Sie sehen, sind wir bei dem anderen Thema in eine *Sackgasse geraten. Sag mir.*"

„Wer sind Sie, Signorina?" Ich fragte.

Ich wollte es wirklich wissen; Das taten auch sehr viele Leute.

Sie dachte einen Moment nach und sagte dann:

„Ich habe großen Respekt vor dem Präsidenten. Er war sehr freundlich zu mir. Er hat mir echte Zuneigung gezeigt."

„Der Teufel hat er!" Ich murmelte.

"Wie bitte?" sagte sie.

„Ich sagte nur: ‚Natürlich hat er das.' Der Präsident hat die übliche Augenpaarung."

Die Signorina lächelte erneut, fuhr aber fort, als hätte ich nichts gesagt.

„Andererseits kann ich mir nicht verhehlen, dass einige seiner Maßnahmen nicht klug sind."

Ich sagte, ich hätte es nie vor mir verbergen können.

„Der Oberst ist natürlich derselben Meinung", fuhr sie fort. „Zum Beispiel über die Schulden. Ich glaube, Ihre Bank ist daran interessiert?"

Das war kein Geheimnis, also sagte ich:

„Oh ja, in erheblichem Maße."

"Und du?" fragte sie leise.

„Oh, ich bin kein Kapitalist! Kein Geld von mir ist in die Schulden geflossen."

„Kein Geld von dir, nein. Aber interessiert dich das nicht?" sie blieb hartnäckig.

Das war ziemlich seltsam. Konnte sie etwas wissen?

Sie trat näher an mich heran, legte sanft eine Hand auf meinen Arm und sagte vorwurfsvoll:

„Lieben Sie Menschen und vertrauen ihnen dennoch nicht, Herr Martin?"

Das war genau der Zustand, in dem ich mich gegenüber der Signorina fühlte, aber ich konnte es nicht sagen. Ich fragte mich, inwieweit ich ihr vertrauen sollte, und das hing weitgehend davon ab, inwieweit Seine Exzellenz es für angebracht gehalten hatte, ihr meine Geheimnisse anzuvertrauen. Ich sagte schließlich:

„Ohne die Geheimnisse anderer Leute preiszugeben, Signorina, kann ich zugeben, dass die Meinung meines Arbeitgebers über meine Diskretion erheblich erschüttert würde, wenn bei der Begleichung der Schulden etwas schief gehen würde."

„Nach Ihrem *Ermessen* ", sagte sie lachend. „Vielen Dank, Herr Martin. Und Sie würden sich wünschen, dass das nicht passiert?"

„Ich würde mir große Mühe geben, das zu verhindern ."

„Nicht weniger bereitwillig, wenn Ihr Interesse und meins übereinstimmen würden?"

Ich wollte gerade eine leidenschaftliche Antwort geben, als wir die Stimme des Präsidenten sagten:

„Und wo ist unsere Gastgeberin? Ich möchte ihr danken, bevor ich gehe."

„Still", flüsterte die Signorina. „Wir müssen zurück. Werden Sie mir treu bleiben, Herr Martin?"

„Nenn mich Jack", sagte ich idiotisch.

„Dann wirst du wahr sein, O *Jack* ?" sagte sie und unterdrückte ein Lachen.

„Bis zum Tod", sagte ich und hoffte, dass es nicht nötig sein würde.

Sie reichte mir ihre Hand, die ich inbrünstig küsste, und wir kehrten in den *Salon zurück* , wo alle Spieler vom Tisch aufgestanden waren und in Gruppen herumstanden und darauf warteten, sich zu verbeugen, bis der Präsident diese Zeremonie durchlaufen hatte. Ich war neugierig, ob irgendetwas zwischen ihm und der Signorina vorgefallen sei, aber ich wurde von Donna Antonia, der Tochter des Finanzministers, angegriffen, die trotz der späten Stunde als Gast der Signorina anwesend war Nacht. Sie war eine hübsche junge Dame, eine spanische Brünette nach bewährtem Vorbild, aber mit Manieren, die sie in einem New Yorker Internat gelernt hatte, wo sie eine Ausbildung absolviert hatte, die ihre angeborene Vornehmheit gemildert hatte, ohne sie zu zerstören. Sie hatte mich sehr positiv ausgezeichnet, und ich war eitel genug zu glauben, dass sie mich durch eine gewisse Eifersucht auf meine *Vorliebe* für die Signorina ehrte.

„Ich hoffe, Sie haben den Wintergarten genossen", sagte sie boshaft.

„Wir haben übers Geschäft gesprochen, Donna Antonia", antwortete ich.

"Ah! Geschäft! Ich höre nur von Geschäften. Da ist Papa, der aufs Land gegangen ist und sich lebendig begraben hat, um einen großen Geschäftsplan auszuarbeiten."

Ich habe die Ohren gespitzt.

"Ah! welches Schema ist das?" Ich fragte.

„Oh, ich weiß es nicht! Etwas über diese schrecklichen Schulden. Aber mir wurde gesagt, ich solle nichts darüber sagen!"

Die Schulden wurden langweilig. Die ganze Luft war voll davon. Ich machte Donna Antonia hastig ein paar zusammenhangslose Komplimente und verabschiedete mich. Während ich meinen Mantel anzog, gesellte sich Colonel McGregor zu mir und begleitete mich mit größerer Freundlichkeit als sonst die Allee hinunter zur *Piazza* . Nach einigen gleichgültigen Bemerkungen begann er:

„Martin, du und ich haben in einigen Angelegenheiten unterschiedliche Interessen, aber ich denke, in anderen haben wir die gleichen."

Ich wusste sofort, was er meinte; Es waren wieder diese Schulden!

Ich schwieg und er fuhr fort:

„Zum Beispiel über die Schulden. Interessieren Sie sich für die Schulden?"

„Etwas", sagte ich. „Ein Banker ist im Allgemeinen an einer Schuld interessiert."

„Das habe ich mir gedacht", sagte der Oberst. „Vielleicht kommt die Zeit, in der wir gemeinsam handeln können. Behalten Sie in der Zwischenzeit die Schulden im Auge. Gute Nacht!"

Wir trennten uns an der Tür seiner Gemächer auf der Piazza, und ich ging weiter zu meiner Unterkunft.

Als ich ziemlich verwirrt und sehr unruhig ins Bett ging, war ich verdammt noch mal bei den Schulden. Dann erinnerte ich mich daran, dass die Schulden aus irgendeinem Grund offenbar ein gemeinsames Interesse der Signorina und mir waren, entschuldigte mich und schlief ein.

KAPITEL V.
Ich schätze die Situation.

Der Flug der Zeit brachte keine Linderung der Probleme im Aureataland . Wenn die Not eines Einzelnen ein erbärmlicher Anblick ist, ist die Not einer Nation ein alarmierendes Schauspiel; und Aureataland war sehr in Not. Ich nehme an, jemand hatte etwas Geld. Aber die Regierung hatte keine; Folglich hatten die Regierungsangestellten keine, die Beamten hatten keine, der Präsident hatte keine und schließlich hatte ich keine. Die Bank besaß ein wenig – natürlich von anderen Leuten –, aber ich war durchaus darauf vorbereitet, jeden Tag auf uns loszurennen, und hatte den Direktoren telegraphiert, um sie um eine Barüberweisung zu bitten, denn unsere Banknoten hatten einen demütigenden Abschlag überlegen. Der politische Konflikt nahm zu. Eines Nachmittags gegen Ende Mai kam ich ins House of Assembly und sah, als ich von der Galerie herabblickte, den Colonel mitten in einer Flut zorniger Deklamationen. Er forderte vom elenden Don Antonio, wann die Armee bezahlt werden sollte. Letzterer kauerte unter seiner Verachtung und wäre, glaube ich wirklich, aus dem Repräsentantenhaus geflüchtet, wenn er nicht vom kalten Blick des Präsidenten, der von seiner Loge aus zusah, auf seinem Platz festgenagelt worden wäre. Der aufstrebende Minister hatte nichts weiter zu drängen als vage Versprechen einer schnellen Zahlung; aber ihm fehlte völlig die selbstbewusste Unverschämtheit seines Chefs, und niemand ließ sich von seinen schwachen Beteuerungen täuschen. Ich verließ das Haus in großem Aufruhr und schlenderte zum Haus einer Freundin von mir, einer gewissen Frau. Devarges , die Witwe eines französischen Herrn, der von Neukalendonien nach Whittingham gekommen war . Die Höflichkeit erforderte die Annahme, dass er aufgrund politischer Unruhen den Weg nach Neukaledonien gefunden hatte, doch das genaue Datum und die Umstände seines patriotischen Opfers waren wie üblich unklar. Madame hielt es manchmal für notwendig, sich und andere mit der Denunzierung der verschiedenen Tyrannen oder Möchtegern-Tyrannen Frankreichs zu langweilen; Aber abgesehen von dieser frommen Opfergabe für den Ruf ihres Mannes war sie eine aufgeweckte und angenehme kleine Frau. Ich fand eine fröhliche Gesellschaft um ihren Teetisch versammelt, darunter Donna Antonia, die sich nicht um die Qualen ihres Vaters kümmerte, und einen gewissen Johnny Carr , der als einziger ehrlicher Mann im Aureataland erwähnt werden muss . Ich spreche natürlich von dem Ort, wie ich ihn vorgefunden habe. Er war ein junger Engländer, ein sogenannter „Kadett", aus gutem Hause, der mit ein paar tausend Pfund verschifft wurde, um sein Vermögen zu machen. Land war bei uns billig, und Johnny hatte ein Anwesen gekauft und sich als Grundbesitzer niedergelassen. In letzter Zeit hatte er sich zu einem begeisterten Konstitutionalisten und treuen Bewunderer des Präsidenten entwickelt und hatte in diesem Sinne einen Sitz in der Versammlung inne. Johnny war weder ein kluger noch ein weiser Mann, aber er war fröhlich und, wie ich es für nötig gehalten habe zu erwähnen, ehrlich.

„Hallo, Johnny! Warum nicht im Repräsentantenhaus?" sagte ich zu ihm. „Sie werden heute Abend jede Stimme wollen. Machen Sie sich auf den Weg und helfen Sie dem Ministerium, und nehmen Sie Donna Antonia mit. Sie fressen den Finanzminister auf."

"In Ordnung! „Ich gehe, sobald ich wieder einen Muffin gegessen habe", sagte Johnny. „Aber worum geht es in dem Streit?"

„Nun, sie wollen ihr Geld", antwortete ich; „Und Don Antonio wird es ihnen nicht geben. Daher ein schlechtes Gefühl."

„Sag dir, was es ist", sagte Johnny; „Er hat kein-"

Hier kam Donna Antonia, ziemlich plötzlich, wie ich dachte.

„Halten Sie den Herrn davon ab, über Politik zu reden, Frau. Devarges . Sie werden unsere Teeparty verderben."

„Dein Wort ist Gesetz", sagte ich; „Aber ich möchte wissen, was Don Antonio nicht hat."

„Jetzt sei ruhig", erwiderte sie; „Ist es nicht genug, dass er – eine bezaubernde Tochter hat?"

„Und ein äußerst wertvolles", antwortete ich mit einer Verbeugung, denn ich sah, dass Donna Antonia aus irgendeinem Grund nicht vorhatte, mich Johnny Carr pumpen zu lassen , und ich wollte ihn pumpen.

„Sagen Sie kein Wort mehr, Mr. Carr ", sagte sie lachend. „Du weißt, dass du nichts weißt, oder?"

„Mein Gott, nein!" sagte Johnny.

Inzwischen Frau. Devarges gab mir eine Tasse Tee. Als sie es mir reichte, sagte sie mit leiser Stimme:

„Wenn ich sein Freund wäre , sollte ich dafür sorgen, dass Johnny nichts weiß, Mr. Martin."

„Wenn ich seine Freundin wäre , würde ich dafür sorgen, dass er mir erzählt, was er weiß, Frau. Devarges ", antwortete ich.

„Vielleicht denkt der Oberst das", sagte sie. „Johnny hat uns gerade erzählt, wie aufmerksam er geworden ist. Und die Signorina auch, wie ich gehört habe."

„Das meinst du nicht so?" rief ich aus. „Aber letztendlich ist es zweifellos pure Freundlichkeit!"

„Sie haben von dort aus viel Aufmerksamkeit erhalten", sagte sie. „Zweifellos können Sie die Motive gut einschätzen."

„Sei nicht, sei jetzt nicht unangenehm", sagte ich. „Ich bin hierher gekommen, um Frieden zu finden."

„Armer junger Mann! Hast du dein ganzes Geld verloren? Ist es möglich, dass Sie, wie Don Antonio, kein …"

"Was wird passieren?" Ich fragte nach Frau. Devarges hatte oft Informationen.

„Ich weiß es nicht", sagte sie. „Aber wenn ich Staatsanleihen besitze, sollte ich verkaufen."

„Entschuldigen Sie, Madame; Sie würden den Verkauf anbieten."

Sie lachte.

"Ah! Ich sehe, dass mein Rat zu spät kommt."

Ich sah keine Notwendigkeit, sie weiter aufzuklären. Also ging ich zu Donna Antonia, die seit ihrem Ausbruch etwas mürrisch dasaß. Ich setzte mich neben sie und sagte:

„Sicherlich habe ich dich nicht beleidigt?"

„Du weißt, dass es dir egal wäre, wenn du es getan hättest", sagte sie mit einem vorwurfsvollen, aber nicht unfreundlichen Blick. „Nun, wenn es die Signorina wäre –"

Rimmon zu verneigen , also sagte ich:

„Häng die Signorina auf!"

„Wenn ich dachte, dass du das meinst", sagte Donna Antonia, „könnte ich dir vielleicht helfen."

„Will ich Hilfe?" Ich fragte.

„Ja", sagte sie.

„Dann nehmen wir an, dass ich es wirklich ernst meine?"

Donna Antonia weigerte sich, leichtfertig zu sein. Mit einem Ausdruck echter Verzweiflung sagte sie:

„Sie werden nicht zulassen, dass Ihre wahren Freunde Sie retten, Mr. Martin. Sie wissen, dass Sie Hilfe wollen. Warum denken Sie nicht über den Stand Ihrer Angelegenheiten nach?"

„Zumindest dabei sind meine Freunde in Whittingham sehr bereit, mir zu helfen", antwortete ich etwas verärgert.

„Wenn man es so auffasst", antwortete sie traurig, „kann ich nichts tun."

Ich war ziemlich berührt. Offensichtlich wollte sie mir von Nutzen sein, und einen Moment lang dachte ich, es wäre besser, mich von meinen Ketten zu befreien und mich der Zuflucht zuzuwenden, die sich mir eröffnete. Aber ich konnte das nicht tun; und da ich dachte, es wäre ziemlich gemein, ihr Interesse an mir nur auszunutzen, um es für meine eigenen Zwecke zu nutzen, gab ich meinem Gewissen nach und sagte:

„Donna Antonia, ich werde ehrlich zu Ihnen sein. Du kannst mir nur helfen, wenn ich deine Führung akzeptiere? Das kann ich nicht. Ich stecke zu tief drin."

„Ja, du bist tief drin und begierig darauf, tiefer zu sein", sagte sie. „Nun, so sei es. Wenn das so ist, kann ich Ihnen nicht helfen."

Eines Tages werde ich es höchstwahrscheinlich bereuen, dass ich ihn zurückgewiesen habe. Ich werde mich immer gerne daran erinnern, dass du es geschafft hast."

Sie sah mich einen Moment an und sagte:

„Wir haben euch unter uns ruiniert."

„Geist, Körper und Vermögen?"

Sie gab keine Antwort, und ich sah, wie meine Rückkehr zur Leichtfertigkeit sie verletzte. Also stand ich auf und verabschiedete mich. Johnny Carr begleitete mich.

„Die Dinge sehen seltsam aus, nicht wahr, alter Mann?" sagte er. „Aber der Präsident wird trotz des Obersts und seiner Signorina durchkommen."

„Johnny", sagte ich, „du hast meine Gefühle verletzt; aber trotzdem werde ich Ihnen einen Rat geben."

„Fahren Sie weiter", sagte Johnny.

„Heirate Donna Antonia", sagte ich. „Sie ist ein gutes und kluges Mädchen und lässt nicht zu, dass du betrunken oder ausgeraubt wirst."

„Bei Gott, das ist keine schlechte Idee!" sagte er. „Warum machst du es nicht selbst?"

„Weil ich wie du bin, Johnny – ein Arsch", antwortete ich und ließ ihn sich fragen, warum, wenn er ein Arsch war und ich ein Arsch, ein Arsch Donna Antonia heiraten sollte und nicht beide oder keines von beiden.

Unterwegs kaufte ich die *Gazette* , das Regierungsorgan, und las darin:

„Wir gehen davon aus, dass bei einer Kabinettssitzung heute Nachmittag unter dem Vorsitz Seiner Exzellenz die Vereinbarungen im Zusammenhang mit der Staatsverschuldung Gegenstand der Diskussion waren. Die gefassten Resolutionen sind derzeit streng vertraulich, aber wir haben die beste Autorität, um zu sagen, dass die zu ergreifenden Maßnahmen eine wesentliche Linderung der gegenwärtigen Spannungen bewirken und der überwiegenden Mehrheit der Bürger von Aureataland uneingeschränkte Zufriedenheit verschaffen werden . Der Präsident wird erneut als Retter seines Landes gefeiert."

„Ich frage mich, ob die überwiegende Mehrheit mich einschließen wird", sagte ich. „Ich denke, ich werde seine Exzellenz besuchen."

Dementsprechend machte ich mich am nächsten Morgen auf den Weg zum Goldenen Haus, wo ich erfuhr, dass der Präsident im Finanzministerium war. Als ich dort ankam, schickte ich meine Karte ein und schrieb darauf eine bescheidene Bitte um ein privates Interview. Ich wurde in Don Antonios Zimmer geführt, wo ich den Pfarrer selbst, den Präsidenten und Johnny Carr traf . Als ich eintrat und der Diener auf ein Zeichen Seiner Exzellenz einen Stuhl für mich hinstellte, sagte dieser ziemlich steif:

„Da ich davon ausgehe, dass es sich um einen Geschäftsbesuch handelt, Herr Martin, ist es üblicher, dass ich Sie in Anwesenheit eines meiner Verfassungsberater empfange. Mr. Carr fungiert als mein Sekretär, und Sie können vor ihm frei sprechen."

Es ärgerte mich, dass mein Versuch, den Präsidenten allein zu sehen, gescheitert war, aber da ich es nicht zeigen wollte, verneigte ich mich lediglich und sagte:

„Aufgrund eines Briefes meiner Direktoren erlaube ich mir, mich in Ihre Exzellenz einzumischen. Sie teilen mir mit, dass an den Börsen , um ihre Worte zu gebrauchen, beunruhigende Gerüchte über das Aureataland-Darlehen im Umlauf sind, und weisen mich an, Eurer Exzellenz die Zweckmäßigkeit vorzuschlagen, eine öffentliche Mitteilung über die Zahlung der fälligen Zinsen zu machen nächsten Monat. Aus ihrer Mitteilung geht hervor, dass davon ausgegangen wird, dass es in dieser Angelegenheit zu Schwierigkeiten kommen könnte."

„Wäre dieser Antrag, wenn überhaupt nötig , nicht ordnungsgemäßer zunächst beim Finanzministerium gestellt worden?" sagte der Präsident. „Diese Details fallen kaum in meinen Zuständigkeitsbereich."

„Ich kann nur meinen Anweisungen folgen, Exzellenz", antwortete ich.

„Haben Sie etwas dagegen, Herr Martin", sagte der Präsident, „dagegen, dass ich und meine Berater diesen Brief sehen?"

„Ich bin befugt, es nur Eurer Exzellenz selbst vorzulegen."

„Oh, nur für mein Auge", sagte er mit amüsiertem Gesichtsausdruck. „Deshalb sollte das Interview privat sein?"

„Genau, Sir", antwortete ich. „Ich habe nicht die Absicht, den Finanzminister oder Ihren Sekretär zu respektieren, Sir, aber ich bin an meine Befehle gebunden."

„Sie sind ein vorbildlicher Diener, Herr Martin. Aber ich glaube nicht, dass ich Sie darüber noch weiter belästigen muss. Ist es ein Kabel?"

Er lächelte bei dieser Frage so böse, dass ich sah, dass er in meine kleine Fiktion eingedrungen war. Allerdings habe ich nur gesagt:

„Ein Brief, Sir."

„Nun, meine Herren", sagte er zu den anderen, „ich denke, wir können Herrn Martin beruhigen. Sagen Sie Ihren Direktoren Folgendes, Herr Martin: Die Regierung sieht keine Notwendigkeit einer öffentlichen Bekanntmachung und wird auch keine vornehmen. Ich denke, wir sind uns einig, meine Herren, dass es äußerst abwertend wäre, die Notwendigkeit einer solchen Maßnahme anzuerkennen. Aber versichern Sie ihnen, dass der Präsident Ihnen, Herr Martin, persönlich und mit Zustimmung seiner Berater erklärt hat, dass er keine Schwierigkeiten erwartet, wenn Sie in der Lage sein werden, ihnen am richtigen Tag den vollen Zinsbetrag zu überweisen."

„Ich kann ihnen versichern, dass die Zinsen pünktlich gezahlt werden, Sir?"

„Sicherlich habe ich mich auf eine Weise ausgedrückt, die Sie verstehen könnten", sagte er mit der geringsten Betonung des „Sie". „Aureataland wird ihren Verpflichtungen nachkommen. Sie werden alles erhalten, was Ihnen zusteht, Herr Martin. Ist das so, meine Herren?"

Don Antonio stimmte sofort zu. Ich bemerkte, dass Johnny Carr nichts sagte und ziemlich unruhig auf seinem Stuhl hin und her rutschte. Ich wusste, was der Präsident meinte. Er meinte: „Wenn wir nicht zahlen, zahlen Sie es aus Ihrem Reservefonds." Leider wurde der Reservefonds erheblich gekürzt; Ich hatte genug übrig, und zwar gerade genug, um die nächste Rate zu bezahlen, wenn ich keine meiner eigenen Schulden begleichen würde. Ich fühlte mich sehr bösartig, als ich sah, wie Seine Exzellenz große Freude daran hatte, sich meiner Schwierigkeiten bewusst zu werden (denn er hatte eine scharfe Vorstellung davon, wie das Land lag), aber natürlich konnte ich nichts sagen. Also stand ich auf und verneigte mich, mit dem Gefühl, nichts gewonnen zu haben, außer der klaren Überzeugung, dass ich am nächsten Zinstag die Farbe des Geldes des Präsidenten nicht sehen würde. Stimmt, ich könnte es einfach selbst bezahlen. Aber was würde beim nächsten Mal passieren? Und wenn er nicht zahlen würde und ich nicht zahlen könnte, wäre das Spiel vorbei. Was das ursprüngliche Darlehen betrifft, so hatte ich zwar keine Verantwortung; Würden dann aber keine Zinsen gezahlt, würde sich unweigerlich herausstellen, dass ich das zweite Darlehen, *mein* Darlehen, auf eine andere Art und Weise verwendet hatte, als es mir gestattet war und von der ich behauptet hatte, dies getan zu haben. Und meine Annahme des Bonus, mein Umgang mit dem Reservefonds, meine Angabe ungenauer Anlagerenditen, all das würde, wie ich wusste, für Leute, die die Umstände nicht kannten, ziemlich seltsam aussehen.

Als ich zur Bank zurückkehrte und über diese Dinge nachdachte, fand ich Jones damit beschäftigt, die Korrespondenz zu ordnen. Es gehörte zu seinen Pflichten, für die Aufbewahrung und Archivierung aller aus Europa eintreffenden Briefe zu sorgen, und seltsamerweise bereitete ihm diese Aufgabe Freude. Es gehörte zu meiner Pflicht, dafür zu sorgen, dass er das Seine tat; Also setzte ich mich und begann, den Stapel Briefe und Nachrichten umzublättern, den er auf meinen Schreibtisch gelegt hatte; sie datierten zwei Jahre zurück; Das überraschte mich und ich sagte:

„Eher im Rückstand, nicht wahr? Jones?"

„Ja, eher, Sir. Tatsache ist, dass ich sie schon einmal gemacht habe, aber da Sie sie noch nie paraphiert haben , dachte ich, ich sollte Sie darauf aufmerksam machen."

„Ganz richtig – sehr nachlässig von mir. Ich nehme an, es geht ihnen gut?"

„Ja, Sir, in Ordnung."

„Dann werde ich mir nicht die Mühe machen, sie durchzugehen."

„Sie sind alle da, Sir, außer natürlich dem Telegramm über den zweiten Kredit, Sir."

„Außer was?" Ich sagte .

„Das Telegramm über den zweiten Kredit", wiederholte er.

Ich war froh, daran erinnert zu werden, denn natürlich wollte ich dieses Dokument entfernen, bevor das Bündel endlich seinen Platz in den Archiven einnahm. Tatsächlich dachte ich, ich hätte es getan. Aber warum hatte Jones es entfernt? Sicherlich war Jones nicht so skeptisch?

„Ah, und wo hast du das hingelegt?"

„Aber, Sir, Seine Exzellenz hat das genommen."

"Was?" Ich weinte.

"Jawohl. Habe ich es nicht erwähnt? Am Tag, nachdem Sie und der Präsident an diesem Abend hier waren, kam Seine Exzellenz nachmittags, als Sie auf die Piazza gegangen waren, herunter und sagte, er wolle es haben. Er sagte, Sir, Sie hätten gesagt, dass es an das Finanzministerium gehen solle. Er war sehr freundlich, Sir, und sagte mir, dass es notwendig sei, das Original dem Minister zur Einsicht vorzulegen; und wenn er vorbeikam (er kam herein, um einen Scheck auf seinem Privatkonto einzulösen), nahm er ihn selbst entgegen. Hat er es Ihnen nicht zurückgegeben, Sir? Er sagte, er würde es tun.

Ich hatte gerade genug Kraft, um nach Luft zu schnappen:

„Es ist ihm zweifellos das Gedächtnis entfallen. Alles klar, Jones."

„Darf ich jetzt gehen, Sir?" sagte Jones. "Frau. Jones wollte, dass ich mit ihr gehe, um …"

„Ja, gehen Sie", sagte ich, und als er hinausging, fügte ich ein Ziel hinzu, das zweifellos anders war als das, was die gute Dame vorgeschlagen hatte. Denn ich habe jetzt alles gesehen. Dieser alte Bösewicht (entschuldigen Sie meine Herzlichkeit) hatte mein gefälschtes Kabel gestohlen und wollte es bei Bedarf als seine eigene Rechtfertigung vorlegen. Ich war fertig, fertig – und Jones' Idiotie hatte mir die Aufgabe leicht gemacht. Ich hatte keine Beweise außer meinem Wort, dass der Präsident wusste, dass die Botschaft gefälscht war. Bisher hatte ich geglaubt, dass ich im Falle einer Verurteilung die Ehre der Unterstützung Seiner Exzellenz auf der Anklagebank genießen würde. Aber jetzt! Nun, ich könnte mich vielleicht als Dieb erweisen, aber ich konnte ihm nicht beweisen, dass er einer ist. Ich hatte Jones überzeugt, nicht zu meinem Wohl, sondern zu seinem. Ich hatte Papiere gefälscht, nicht zu meinem Besten, sondern zu seinem. Zwar hatte ich das Geld selbst ausgegeben, aber …

„Verdammt!" Ich weinte in der Verbitterung meines Geistes: „Er hat ungefähr drei Viertel davon gewonnen."

Und die Worte Seiner Exzellenz kamen mir in Erinnerung: „Ich mache das Beste aus meinen Möglichkeiten."

KAPITEL VI.
MOURONS POUR LA PATRIE!

Die nächste Woche war eine arbeitsreiche für mich. Ich habe es dafür ausgegeben, jedes bisschen Geld zusammenzukratzen, das ich in die Finger bekommen konnte. Wenn ich genug zusammenbringen könnte, um die Zinsen für die dreihunderttausend Dollar zu zahlen, die in genehmigte Wertpapiere investiert werden sollten – und die tatsächlich auf eine Weise veräußert wurden, die nur Seiner Exzellenz bekannt ist –, hätte ich sechs Monate Zeit, mich umzusehen. Von meinem „Bonus" blieben nun *null*, von meinem „Reservefonds" zehntausend Dollar übrig. Das war genug. Aber leider! Wie kam es, dass diese Summe in meinen Händen war? Weil ich mir fünftausend von der Bank geliehen hatte! Wenn sie nicht zulassen würden, dass ihr eigener Manager überzieht, wen würden sie dann wählen? Also habe ich überzogen. Aber wenn dieses Geld nicht vor dem monatlichen Ausgleich zurück wäre, wüsste Jones Bescheid! Und ich wagte nicht, mich darauf zu verlassen, dass ich ihm wieder den Mund halten könnte. Als ich sagte, Johnny Carr sei der einzige ehrliche Mann im Aureataland , vergaß ich Jones. Zu meinem Kummer und Ärger war Jones auch ehrlich und hielt es für seine Pflicht, die Direktoren über meinen Überziehungskredit zu informieren. Wenn sie es erst einmal wüssten, wäre ich verloren, denn eine Überziehung, die der Manager privat aus dem Safe vorgenommen hat, ist, das bestreite ich nicht, ausgesprochen unregelmäßig. Wenn ich nicht vor Ende des Monats fünftausend Dollar zu meinen zehntausend hinzufügen könnte, müsste ich abhauen!

Diese traurige Schlussfolgerung wurde durch einen Brief meines verehrten Vaters bekräftigt und beweisbar gemacht, der zur Krönung meines Kummers eintraf und mir mitteilte, dass er aufgrund eines Deals zwischen ihnen unglücklicherweise bei unserem Vorsitzenden Schulden in Höhe von zweitausend Pfund gemacht habe , dass er den Vorsitzenden gesehen hatte, dass der Vorsitzende dringend eine Zahlung verlangte, dass er im Allgemeinen äußerst heftige Ausdrücke gegen unsere Familie benutzte und schließlich seine Absicht erklärte, mein Gehalt zu streichen, um die Schulden meiner Eltern zu begleichen. „Wenn es ihm nicht gefällt, kann er gehen, und das mit einem kleinen Verlust." Dies war ein höchst ungerechtfertigtes Vorgehen, aber ich war kaum in der Lage, gegenüber dem Vorsitzenden eine hohe moralische Haltung einzunehmen, und im Ergebnis sah ich mich mit der Gewissheit der Bettelei und der Wahrscheinlichkeit einer Gefängnisstrafe konfrontiert. Hätte ich diesen unglücklichen Schicksalsschlag nicht erlebt, hätte ich vielleicht den Mut gefasst und meine Missetaten reingelegt, indem ich mich auf die Verpflichtungen des Vorsitzenden gegenüber meinem Vater verlassen hätte, um mich durchzubringen. Aber wo war ich jetzt? Ich war, wie Donna Antonia es ausdrückte, tatsächlich sehr tief drin. Ich war so überwältigt von meiner Situation und so sehr mit meinen verzweifelten Bemühungen beschäftigt, sie zu verbessern, dass ich nicht einmal die Zeit fand, die Signorina aufzusuchen, so sehr ich Trost brauchte; und als die Tage vergingen, geriet ich in solche Verzweiflung, dass ich nirgendwohin ging, sondern trübselig in meinen eigenen Zimmern saß, auf meinen Koffer blickte und mich fragte, wie bald ich packen und fliegen musste, wenn nicht für das Leben, so doch für die Freiheit .

Endlich kam der Absturz. Eines Morgens saß ich in meinem Büro und war mit der schwierigen Aufgabe beschäftigt, aus zehn fünfzehn zu machen, als ich das Klappern von Hufen hörte.

Einen Moment später wurde die Tür geöffnet und Jones führte Colonel McGregor herein. Ich nickte dem Oberst zu, der mit seinem gewohnt gemächlichen Schritt hereinkam, sich setzte und seine Handschuhe auszog. Ich stand auf und sagte:

„Was kann ich für Sie tun, Oberst?“

Er wartete, bis sich die Tür hinter Jones schloss, und sagte dann:

„Endlich bin ich der Sache auf den Grund gegangen, Martin.“

Das traf auch auf mich zu, aber der Oberst meinte es in einem anderen Sinne.

„Unten von was?“ fragte ich ziemlich gereizt.

„Die Schurkerei dieses alten Kerls“, sagte er und deutete mit dem Daumen auf die Piazza und die Statue des Befreiers. „Er ist sehr süß, aber am Ende hat er einen Fehler gemacht.“

„Kommen Sie doch zum Punkt, Colonel. Worum geht es?"

„Wären Sie überrascht zu hören“, sagte der Oberst in einer berühmten Redeweise, „dass die Zinsen für die Schulden am 31. nicht bezahlt würden?“

„Nein, das sollte ich nicht“, sagte ich resigniert.

„Wären Sie überrascht, wenn Sie hören würden, dass nie mehr Zinsen gezahlt werden?“

"Der Teufel!" Ich weinte und sprang auf. „Was meinst du, Mann?“

„Der Präsident“, sagte er ruhig, „wird im 31. Augenblick *die Staatsschulden zurückweisen* !“

Ich hatte nichts mehr zu sagen. Ich ließ mich in meinen Stuhl zurückfallen und blickte den Oberst an, der gerade damit beschäftigt war, sich eine Zigarette anzuzünden. Im selben Moment drang das Geräusch schneller

Räder an meine Ohren. Dann hörte ich die süße, klare Stimme, die ich so gut kannte, sagen:

„Ich werde ihn nur für einen Moment stören, Mr. Jones. Ich möchte, dass er sich für einen Tag von der Arbeit losreißt und mitfährt."

Sie öffnete meine Tür und kam schnell herein. Als sie den Oberst sah , erkannte sie die Lage und sagte zu diesem Herrn:

„Hast du es ihm gesagt?"

„Das habe ich gerade getan, Signorina", antwortete er.

Ich hatte nicht die Kraft, sie zu begrüßen; so setzte sie sich auch unaufgefordert hin und zog ihre Handschuhe aus – nicht träge wie der Oberst, sondern mit einer Miene, als würde sie, wenn sie ein Mann wäre, ihren Mantel ausziehen, um der Krise energischer zu begegnen.

Schließlich sagte ich voller Überzeugung :

„Er ist ein wunderbarer Mann! Wie haben Sie das herausgefunden, Oberst?"

„Habe Johnny Carr zum Essen eingeladen und ihn betrunken gemacht", sagte der Würdenträger.

„Du meinst nicht, dass er Johnny vertraut hat?"

„Seltsam, nicht wahr?" sagte der Oberst. „Auch mit seiner Erfahrung. Er hätte wissen können, dass Johnny ein Arsch war. Ich nehme an, dass sonst niemand da war."

„Er wusste", sagte die Signorina, „jeder andere im Ort würde ihn verraten; Er wusste, dass Johnny es nicht tun würde, wenn er es verhindern könnte. Er hat Ihre Kräfte unterschätzt, Colonel."

„Nun", sagte ich, „ich kann doch nicht anders, oder?" Meine Direktoren werden verlieren. Die Anleihegläubiger werden verlieren. Aber wie schadet es mir?"

Der Oberst und die Signorina lächelten beide sanft.

„Sie machen es sehr gut, Martin", sagte Ersterer, „aber es wird Zeit sparen, wenn ich erkläre, dass sowohl Signorina Nugent als auch ich über die Einzelheiten bezüglich der …" (Der Oberst hielt inne und strich sich über den Schnurrbart.)

„Das zweite Darlehen", sagte die Signorina.

Ich war darüber weniger überrascht, wenn ich mich an bestimmte Gespräche erinnere.

"Ah! und wie hast du das herausgefunden?" Ich fragte.

„Sie hat es mir erzählt ", sagte der Oberst und zeigte auf seine schöne Nachbarin.

„Und darf ich fragen, wie Sie es herausgefunden haben, Signorina?"

„Der Präsident hat es mir gesagt ", sagte diese Dame.

„Hast du ihn betrunken gemacht?"

„Nein, nicht betrunken", war ihre Antwort mit sehr zurückhaltender Stimme und mit gesenktem Blick.

Wir konnten erraten, wie es zustande gekommen war, aber keiner von uns wollte das Thema weiterverfolgen. Nach einer Pause sagte ich:

„Nun, wie Sie beide wissen, ist es sinnlos, etwas vorzutäuschen. Es ist sehr nett von Ihnen, mich zu warnen."

„Sie, lieber, guter Herr Martin", sagte die Signorina, „unsere Beweggründe sind nicht nur die der Freundschaft."

„Warum, wie wichtig ist es dir?"

„Einfach das", sagte sie: „Die Bank und ihr hervorragender Manager besitzen den größten Teil der Schulden." Der Rest gehört dem Colonel und mir. Wird es abgelehnt, verliert die Bank; Ja, aber der Manager, der Oberst und die Signorina Nugent sind verloren!"

„Das wusste ich nicht", sagte ich ziemlich verwirrt.

„Ja", sagte der Oberst, „als der erste Kredit aufgenommen wurde , habe ich ihm hunderttausend Dollar geliehen." Wir waren damals dick, und ich tat es als Gegenleistung für meinen Rang und meinen Sitz in der Kammer. Seitdem habe ich weitere Aktien gekauft. "

„Du hast sie wohl günstig bekommen, nehme ich an?" sagte ich. – „Ja", antwortete er, „ich habe sie im Durchschnitt auf etwa fünfundsiebzig Cent pro Fünf-Dollar-Anteil geschätzt."

„Und was hältst du jetzt nominell?"

„Dreihunderttausend Dollar", sagte er knapp.

„Ich verstehe Ihr Interesse an der Angelegenheit. Aber Sie, Signorina?"

Die Signorina wirkte etwas verlegen. Doch schließlich brach es aus ihr heraus:

„Es ist mir egal, ob ich es dir sage. Als ich zustimmte, hier zu bleiben, gab er [wir wussten, wen sie meinte] mir hunderttausend Dollar. Und ich hatte ungefähr fünfzigtausend eigene, die ich hatte –“

„Von Ihrem Gehalt als Primadonna gespart“, warf der Oberst ein.

"Was macht es aus?" sagte sie und errötete; "Ich hatte es. Was hat er dann getan? Er überredete mich, alles – die ganzen einhundertfünfzigtausend – in seine schrecklichen Schulden zu stecken. Oh! War das nicht gemein, Herr Martin?“

Der Präsident hatte in dieser Angelegenheit sicherlich Geschäft und Vergnügen vereint.

„Schändlich!“ Ich bemerkte.

„Und wenn das klappt, bin ich mittellos – mittellos. Und da ist die arme Tante. Was wird sie tun?"

„Kümmere dich nicht um deine Tante“, sagte der Oberst ziemlich unhöflich. „Nun“, fuhr er fort, „Sie sehen, wir sitzen mit Ihnen im selben Boot, Martin.“

"Ja; und wir werden bald in demselben tiefen Wasser sein“, sagte ich. – „Überhaupt nicht!“ sagte der Oberst.

"Gar nicht!" wiederholte die Signorina.

„Warum, was zum Teufel wirst du tun?“

„Finanzielle Integrität ist das Rückgrat eines Landes“, sagte der Oberst. „Sollen wir zusehen, wie Aureataland den schändlichen Weg der Ablehnung einschlägt?“

"Niemals!" rief die Signorina und sprang mit funkelnden Augen auf. "Niemals!"

Sie sah bezaubernd aus. Aber Geschäft ist Geschäft; und ich sagte noch einmal:

"Was werden Sie tun?"

„Mit deiner Hilfe, Martin, werden wir diese nationale Schande verhindern. Wir gehen –“ Er senkte nutzlos seine Stimme, denn die Signorina stimmte in einem hohen, fröhlichen Ton ein, wedelte mit ihren Handschuhen über dem Kopf und tanzte ein kleines *Pas- seul* auf dem Boden vor mir, mit diesen bemerkenswerten Worten:

„Hurra für die Revolution! Hüfte! Hüfte! Hurra!"

In ihrer guten Laune und der Pariser Haube sah sie aus wie eine Göttin der Freiheit. Ich habe mein geistiges Gleichgewicht verloren. Ich sprang auf, packte sie um die Taille, und wir wirbelten wild durch das Büro, während die Signorina die „Marseillaise" anstimmte.

„Um Gottes willen, sei still!" sagte McGregor mit heiserem Flüstern und klammerte sich an mich, als ich an ihm vorbeiraste. „Wenn sie dich hören! Hör auf, ich sage dir, Christina!"

Die Signorina blieb stehen.

„Meinen Sie mich, Colonel McGregor?" Sie fragte.

„Ja", sagte er, „und dieser Idiot Martin auch."

„Selbst in Zeiten der Revolution, Oberst", sagte ich, „geht durch Höflichkeit nichts verloren. Aber im Wesentlichen haben Sie recht. Lasst uns nüchtern sein."

Wir setzten uns keuchend wieder hin, während die Signorina zwischen ihren Keuchen noch immer leise den Psalm der Freiheit summte.

„Erläutern Sie bitte Ihren Plan, Oberst", fuhr ich fort. „Mir ist bewusst, dass man hier draußen wenig von Revolutionen hält, aber für einen Neuankömmling scheinen sie Dinge zu sein, die ein gewisses Maß an Management erfordern. Sie sehen, wir sind nur drei."

„Ich habe die Armee bei mir", sagte er großartig.

„Im Vorzimmer?" fragte ich und grinste über die Ausmaße der Aureataland- Streitkräfte.

„Schau her, Martin", sagte er mit finsterer Miene, „wenn du mit uns reinkommst, behalte deine Witze für dich."

„Streitet nicht, meine Herren", sagte die Signorina. „Es ist Zeitverschwendung. Erzählen Sie ihm den Plan, Colonel, während ich mich beruhige."

Ich erkannte die Weisheit dieses Ratschlags und sagte:

„Entschuldigen Sie, Colonel. Aber wird diese Ablehnung nicht bei der Armee Anklang finden? Wenn er die Schulden sinken lässt, kann er sie bezahlen."

„Genau", sagte er. „ Deshalb müssen wir sie erreichen, bevor ihnen dieser Aspekt des Falles auffällt." Sie hungern buchstäblich und für zehn Dollar pro Mann würden sie Satan selbst zum Präsidenten machen. Hast du Geld, Martin?"

„Ja", sagte ich, „ein wenig."

"Wie viel?"

„Zehntausend“, antwortete ich; „Ich habe es aus Interesse behalten.“

"Ah! Du wirst es jetzt nicht wollen.“

„ Das werde ich in der Tat tun – für den zweiten Kredit, wissen Sie.“

„Schau her, Martin; Gib mir die zehntausend für die Truppen. Stehen Sie an unserer Seite, und an dem Tag, an dem ich Präsident werde , gebe ich Ihnen Ihre dreihunderttausend zurück. Schauen Sie einfach, wo Sie jetzt stehen. Ich möchte nicht unhöflich sein, aber liegt es nicht daran, dass …“

„Ein Notfall“, sagte ich nachdenklich. "Ja ist es. Aber woher, glauben Sie, werden Sie dreihunderttausend Dollar bekommen, ganz zu schweigen von Ihren eigenen Aktien?“

Er rückte seinen Stuhl näher an meinen heran, beugte sich vor und sagte:

„Er hat das Geld nie ausgegeben. Er hat es irgendwo; Zumindest der weitaus größte Teil.“

„Hat Carr dir das erzählt?“

„Er wusste es nicht genau; aber er sagte mir genug, um es fast sicher zu machen. Außerdem“, fügte er mit einem Blick auf die Signorina hinzu, „haben wir noch andere Gründe, es zu vermuten. Gib mir die zehntausend. Sie erhalten Ihr Darlehen zurück und werden, wenn Sie möchten, Finanzminister. Wir wissen praktisch, dass das Geld da ist; nicht wahr, Signorina?“

Sie nickte zustimmend.

„Wenn wir scheitern?“ sagte ich. – Er zog einen hübschen kleinen Revolver aus der Tasche, hielt ihn einen Moment lang ans Ohr und steckte ihn wieder ein.

„Höchst klar erklärt, Oberst“, sagte ich. „Wollen Sie mir eine halbe Stunde Zeit zum Nachdenken geben?“

„Ja“, sagte er. „Sie werden mich entschuldigen, wenn ich im Vorzimmer bleibe. Natürlich vertraue ich dir, Martin, aber in solchen Dingen …“

„In Ordnung, ich verstehe“, sagte ich. „Und Sie, Signorina?“

„Ich werde auch warten“, sagte sie.

Sie standen beide auf und gingen hinaus, und ich hörte sie im Gespräch mit Jones. Ich saß still und dachte angestrengt nach. Doch kaum war ein Moment vergangen, als ich hörte, wie sich die Tür hinter mir öffnete. Es war die Signorina. Sie kam herein, stellte sich hinter meinen Stuhl, beugte sich vor und legte ihre Arme um meinen Hals.

Ich schaute auf und sah ihr Gesicht voller Unmut.

„Was ist mit der Rose, Jack?" Sie fragte.

Ich erinnerte mich. Voller Freude und im Glauben, ich hätte sie gewonnen, sagte ich:

„Ihr Soldat bis zum Tod, Signorina."

„Störender Tod!" sagte sie frech. „Niemand wird sterben. Wir werden gewinnen, und dann –"

„Und dann", sagte ich eifrig, „wirst du mich heiraten, Süße?"

Sie beugte sich leise herab und küsste meine Lippen. Dann streichelte sie mein Haar und sagte:

„Du bist ein netter Junge, aber du bist kein guter Junge, Jack."

„Christina, du wirst ihn nicht heiraten?"

"Ihn?"

„McGregor", sagte ich. – „Jack", sagte sie und flüsterte jetzt: „Ich hasse ihn!"

„Das tue ich auch", antwortete ich prompt. „Und wenn es darum geht, Sie zu gewinnen, werde ich ein Dutzend Präsidenten verärgern."

„Dann machst du es für mich? Mir gefällt der Gedanke, dass du es für mich tust und nicht des Geldes wegen."

Da die Signorina es zweifellos für ihr Geld tat, war dies etwas unvernünftig.

„Es macht mir nichts aus, dass das Geld hereinkommt –", begann ich.

„Söldner, Unglücklicher!" Sie weinte. „Ich habe dich nicht geküsst, oder?"

„Nein", antwortete ich. „Du hast gesagt, dass du es gleich tun würdest, als ich zugestimmt habe."

„Sehr ordentlich, Jack", sagte sie. Aber sie ging, öffnete die Tür und rief McGregor zu: „Mr. Martin sieht keine Einwände gegen die Vereinbarung und wird, wie Sie vorschlagen, heute Abend zum Abendessen kommen und die Einzelheiten besprechen. Wir werden alle unser Vermögen machen, Mr. Jones", fuhr sie fort, ohne die Annahme ihrer impliziten Einladung abzuwarten, „und wenn wir unser Glück gemacht haben, werden wir an Sie und Mrs. Jones denken."

Ich hörte, wie Jones ein Geräusch von sich gab, das zusammenhangslos auf Befriedigung hindeutete, denn er war genauso schlecht wie jeder von uns, was die Signorina anging, und dann blieb ich meinen Überlegungen überlassen. Diese waren weniger düster, als der Leser vielleicht erwarten würde. Es stimmt, ich steckte meinen Kopf in eine Schlinge; und wenn die Hände des Präsidenten jemals den Weg zum Ende des Seils fanden, stellte ich mir vor, dass er es ziemlich fest ziehen würde. Aber wiederum war ich unendlich verliebt und gleichermaßen verschuldet; und der Plan schien die beste Chance zu eröffnen, meine Liebe zu befriedigen, und die einzige Chance, meine Tasche zu füllen. Für einen jungen Mann ist ein Leben ohne Liebe nicht viel wert; Für einen Mann jeden Alters ist meiner Meinung nach ein Leben ohne Geld nicht viel wert; es wird noch weniger wert, wenn er für das Geld, das er haben sollte, zur Rechenschaft gezogen wird. Also ging ich freudig mein größtes Wagnis ein und riskierte den Einsatz meines Lebens. Meine Freude an der Angelegenheit wurde nur durch die erzwungene Partnerschaft von McGregor getrübt. Daran konnte ich nichts ändern, aber ich wusste, dass er mich nicht viel mehr mochte als ich ihn, und ich ertappte mich dabei, wie ich sanft über die Spannungen nachdachte, die wahrscheinlich zwischen dem neuen Präsidenten und seinem Finanzminister entstehen würden, falls unsere Pläne Erfolg hätten . Noch immer hasste ihn die Signorina, und allen Anzeichen nach liebte sie mich. Also lehnte ich mich in meinem Stuhl zurück und erinnerte mich an die Anwesenheit meines Charmeurs, indem ich die Hymne der Freiheit pfiff, bis es Zeit zum Mittagessen war, ein Brauch, den selbst Verschwörer nicht unterlassen sollten.

Kapitel VII.
Die Mine ist gelegt.

Die Vormittagssitzung war den Grundsätzen und dem Erwecken von Begeisterung gewidmet; Am Abend ließen sich die Verschwörer über Einzelheiten herab, und wir hielten bei der Signorina eine längere und besorgte Besprechung ab . Frau Carrington wurde angewiesen, nach dem Abendessen Kopfschmerzen zu haben, und sie zog sich damit ins Bett; und von zehn bis eins saßen wir und konspirierten. Das Ergebnis unserer Überlegungen war ein sehr hübscher Plan, dessen Grundzüge wie folgt lauteten:

Das war Dienstag. Am Freitagabend sollte der Colonel mit zwanzig entschlossenen Raufbolden (oder entschlossenen Patrioten), die zuvor durch eine Spende von nicht weniger als fünfzig Dollar pro Mann mit Leib und Seele an ihn gebunden waren, das Goldene Haus überraschen, die Person des Präsidenten ergreifen und … sämtliches Bargeld und Wertpapiere auf dem Gelände; kein Töten, wenn es vermeidbar wäre, aber auch kein Geiz . McGregor wollte den Präsidenten als Vorsichtsmaßnahme sofort aus dem Weg räumen, aber ich lehnte diesen Vorschlag entschieden ab, und da er feststellte, dass die Signorina auf derselben Seite absolut unflexibel war, gab er nach. Ich hatte den starken Wunsch, bei dieser Mitternachtsüberraschung dabei zu sein, aber eine andere Pflicht erforderte meine Anwesenheit. An diesem Abend fand in der Kaserne ein Galaabendessen statt, um an irgendeinen Vorfall in der nationalen Geschichte zu erinnern, und ich sollte anwesend sein und auf den Trinkspruch „Der Handel von Aureataland “ antworten. Meine Aufgabe bestand *unter allen Umständen* darin, diese Gruppe am Laufen zu halten, bis die Arbeit des Obersts erledigt war, wenn er mit Bestechungsgeldern in der Hand in den Unterkünften der Soldaten erschien und ihre Treue forderte. Unsere Kenntnis des Charakters der Truppen ließ uns das Ergebnis als Gewissheit betrachten, wenn der Präsident einst ein Gefangener war und die Dollars vor ihren Augen. Der Oberst und die Truppen sollten die Offiziersmesse umzingeln und ihnen Leben und Großzügigkeit oder Tod und Zerstörung anbieten. Auch hier sahen wir ihrer Wahl gelassen entgegen. Dann sollte die Armee auf der Piazza vorgeführt werden, die Stadt eingeschüchtert oder bekehrt werden, und siehe da, die Revolution war vollbracht! Der Erfolg dieses Plans hing vollständig davon ab, dass seine Existenz vor dem einen Mann, den wir fürchteten, ein absolutes Geheimnis blieb und dass dieser eine Mann am Freitagabend um zwölf Uhr allein und unbewacht gefunden wurde. Wenn er die Verschwörung entdeckte, waren wir verloren. Wenn er es sich in den Kopf setzen würde, beim Abendessen dabei zu sein, würden sich unsere

Schwierigkeiten noch vergrößern. An diesem Punkt wandten wir uns an die Signorina und ich sagte kurz:

„Hier kommen Sie offenbar ins Spiel, Signorina. Gestatten Sie mir, Sie am Freitagabend pünktlich um acht Uhr zum Abendessen mit Seiner Exzellenz einzuladen."

„Du meinst", sagte sie langsam, „dass ich ihn zu Hause und, wenn ich nicht für mich wäre, am Freitag allein lassen soll?"

„Ja", sagte ich. „Gibt es irgendwelche Schwierigkeiten?"

„Ich glaube nicht, dass es große Schwierigkeiten gibt", sagte sie, „aber es gefällt mir nicht; es sieht so tückisch aus."

Natürlich tat es das. Es gefiel mir nicht, dass sie es selbst tat, aber wie sollte der Präsident sonst gesichert werden?

„Etwas spät, daran zu denken, nicht wahr?" fragte McGregor höhnisch. „Eine Revolution wird nicht auf hohen moralischen Rädern stattfinden."

„Denken Sie daran, wie er Sie um das Geld geärgert hat", sagte ich und übernahm die Rolle des Versuchers.

„Übrigens", sagte McGregor, „es wird davon ausgegangen, dass die Signorina in den Besitz der Landvilla des Präsidenten gelangt, nicht wahr?"

Nun, meine arme Signorina sehnte sich nach diesem erlesenen kleinen Rückzugsort; und zwischen dem Groll über ihr verlorenes Geld und dem Wunsch nach dem hübschen Haus auf der einen Seite und ihrer Abneigung gegen die Delilah-ähnliche Rolle, die sie spielen sollte, auf der anderen Seite war sie sehr bedrückt. Wenn sie sich selbst überlassen bliebe, hätte sie meiner Meinung nach ihren besseren Gefühlen nachgegeben und die Handlung vermasselt. So wie es war, gelang es dem Oberst und mir, beunruhigt über diesen Gewissensrückgang, seine Eingebungen zu unterdrücken und sie unserem bösen Willen zu unterwerfen.

„Schließlich hat er es verdient", sagte sie, „und ich werde es tun!"

Es ist immer traurig zu sehen, wie jemand unter einem Verlust der Selbstachtung leidet, deshalb versuchte ich, das Vertrauen der Signorina in ihre eigenen Motive wiederherzustellen, indem ich auf Jael, die Frau von Heber dem Keniter, Charlotte Corday und andere unerbittliche Heldinnen verwies mir. McGregor betrachtete dieses Streben nach Selbstrechtfertigung mit unverhohlener Verachtung.

„Es macht ihn nur wieder lächerlich", sagte er; „Du hast es schon einmal gemacht, weißt du!"

„Ich werde es tun, wenn du schwörst, es nicht zu tun – um ihm weh zu tun", sagte sie.

„Ich habe es bereits versprochen", antwortete er mürrisch. „Ich werde ihn nicht anfassen, es sei denn, er lässt es sich selbst zu. Wenn er versucht, mich zu töten, brauche ich meine Brust dem Schlag wohl nicht zu entblößen?"

„Nein, nein", warf ich ein; „Ich habe Hochachtung vor Seiner Exzellenz, aber wir dürfen nicht zulassen, dass unsere Gefühle uns in die Schwäche verleiten. Er muss gefangen genommen werden – lebend und wohlauf, wenn möglich – aber letzten Endes tot oder lebendig."

„Kommen Sie, das ist doch eher Vernunft", sagte der Oberst anerkennend.

Die Signorina seufzte, widersetzte sich uns aber nicht mehr.

Zurück zu den Mitteln und Wegen: Wir arrangierten für die nächsten drei Tage eine Kommunikation im Bedarfsfall, ohne dass ein Treffen erforderlich war. Meine Position als Zentrum des Finanzgeschäfts in Whittingham machte dies einfach; Der Hin- und Hergang von Bankboten würde wenig Aufsehen erregen, und die Botschaften könnten leicht so ausgedrückt werden, dass sie einem ungeschulten Auge nichts verraten. Es wurde außerdem vereinbart, dass beim kleinsten Anzeichen von Gefahr, das einen von uns erreichen würde, die Nachricht sofort an die anderen weitergegeben werden sollte und wir uns auf der „Ranch" des Obersten *treffen sollten* , die etwa sieben Meilen von der Stadt entfernt lag. Von daher wäre in diesem beklagenswerten Fall eine Flucht eher möglich.

„Und jetzt", sagte der Oberst, „wenn Martin die Dollars aushändigt, ist das meiner Meinung nach alles."

Ich hatte die zehntausend Dollar mitgebracht. Ich holte sie hervor und legte sie auf den Tisch, wobei ich eine liebevolle Hand darauf achtete.

„Sie verstehen meine Position vollkommen, Oberst?" Ich sagte . „Diese Sache nützt mir nichts, es sei denn, ich erhalte mindestens dreihundertzwanzigtausend Dollar, um das Kapital zurückzuzahlen, Zinsen zu begleichen und eine weitere kleine Schuld bei der Bank zu begleichen. Wenn ich das tue, bleibt mir ein Nettogewinn von fünftausend Dollar und keine extravagante Belohnung. Wenn ich diese Summe nicht bekomme, werde ich ein Schuldner sein, Revolution hin oder her."

„Ich kann kein Geld verdienen, wenn es nicht da ist", sagte er, aber ohne seinen üblichen schroffen Ton. „Aber darin sind wir uns einig: Bei allem, was wir finden, haben Sie als Erster die Hand, bis zu der von Ihnen genannten Summe. Es ist solide an Sie zu übergeben. Die Signorina und ich nehmen die Reste entgegen. Du behauptest doch nicht, sie auch zu teilen, oder?"

„Nein", sagte ich, „ich bin zufrieden damit, Vorzugsaktionär zu sein. Wenn das Geld im Goldenen Haus gefunden wird, gehört es mir. Wenn nicht, wird mir die neue Regierung diesen Betrag zurückzahlen, was auch immer sie mit dem Rest der Schulden tun mag."

Damit übergab ich mein Geld dem Oberst.

„Ich erwarte, dass die neue Regierung den Anleihegläubigern gegenüber sehr rücksichtsvoll sein wird", sagte der Oberst und steckte die Anleihe lachend ein. „Jedenfalls sind Ihre Bedingungen vereinbart; eh, Signorina?"

"Vereinbart!" sagte sie. „Und ich soll den Landsitz bekommen?"

"Vereinbart!" sagte ich. „Und der Oberst soll Präsident sein und das Goldene Haus und alles, was darin ist, besitzen."

"Vereinbart! vereinbart! vereinbart!" skandierte die Signorina; „Und das ist schon genug Geschäft, und es ist sehr spät für mich, meine Herren zu unterhalten. Ein Toast und dann gute Nacht. Erfolg für die Revolution! In blutrotem Wein betrunken sein!"

Da es außer Rotwein keinen Rotwein gab und dieser um drei Uhr morgens kalt im Magen lag, tranken wir ihn in französischem Brandy. Ich war gerade aufgestanden, um zu gehen, als mir plötzlich ein Gedanke kam:

„Bei Jupiter! Wo ist Johnny Carr ? Ich sage, Colonel, wie betrunken war er letzte Nacht? Glaubst du, er erinnert sich daran, dir davon erzählt zu haben?"

„Ja", sagte der Oberst, „ich gehe davon aus, dass er es inzwischen tut. Er hat es nicht getan, als ich ihn heute Morgen verlassen habe."

„Wird er dem Präsidenten gestehen? Wenn er das tut, könnte das dazu führen, dass der alte Mann ein unangenehm scharfes Auge auf Sie wirft. Er weiß, dass du ihn nicht liebst.

„Nun, er hat den Präsidenten noch nicht gesehen. Er sollte heute bei mir zu Hause übernachten. Er war heute Morgen ungewöhnlich zwielichtig, und ich überredete den Arzt, ihm ein kompositorisches Getränk zu verabreichen. Tatsache ist, ich wollte, dass er ruhig blieb, bis ich Zeit zum Nachdenken hatte! Wissen Sie, ich glaube nicht, dass er es zugeben würde – der Präsident würde ihn so überfallen; aber er könnte es, und es ist besser, dass sie sich nicht treffen."

„Es gibt noch jemanden, den er nicht treffen sollte", sagte die Signorina.

"Wer ist er?" Ich fragte.

„Donna Antonia", antwortete sie. „Er hat sie sehr lieb, und wenn er in Schwierigkeiten ist, wird er es ihr als Erstes sagen. Mr. Carr ist seinen Freunden gegenüber sehr vertraulich."

Wir haben den Wert dieses Vorschlags erkannt. Wenn Donna Antonia es wüsste, würde der Präsident es bald wissen.

„Ganz richtig", sagte der Oberst. „Es reicht nicht aus, wenn sie überstürzt verkünden, dass wir alles darüber wissen. Bis jetzt geht es ihm gut."

„Ja, aber wenn er morgen früh unruhig wird?" sagte ich. „Und dann willst du ihn am Freitagabend nicht im Goldenen Haus haben, und ich will ihn nicht in der Kaserne."

„Nein, er würde Kampf zeigen, Carr würde es tun", sagte der Colonel. „Sehen Sie, wir stehen vor dieser Sache, und ich werde sie durchziehen. Ich werde Carr in meinem Haus behalten , bis alles vorbei ist."

"Wie?" fragte die Signorina.

„Wenn möglich aus Liebe!" sagte der Oberst grinsend – „ das heißt, durch Trinken." Andernfalls mit Gewalt. Es ist wichtig, dass der alte Mann nicht Wind davon bekommt, dass etwas los ist; und wenn Carr ihm von letzter Nacht erzählen würde , würde er seine bösen alten Ohren spitzen. Nein, Meister Johnny ist besser ruhig."

„Angenommen, er wird böse", schlug ich noch einmal vor.

„Er kann so böse werden, wie er will", sagte der Oberst. „Er verlässt mein Haus nicht, es sei denn, er schießt zuerst eine Kugel in mich. Das ist geklärt. Überlass es mir. Wenn er sich gut benimmt, wird es ihm gut gehen. Wenn nicht-"

„Was sollst du mit ihm machen?" fragte die Signorina.

Ich sah einen weiteren Gewissensausbruch voraus, und obwohl ich Johnny mochte, mochte ich mich selbst besser. Also sagte ich:

„Oh, überlassen Sie es dem Oberst; er wird es schon schaffen.

„Jetzt gehe ich", sagte dieser, „zurück zu meinem Freund Johnny. Gute Nacht, Signorina. Schreiben Sie morgen an den Präsidenten. Gute Nacht, Martin. Machen Sie Ihre Rede ziemlich lang. *Au revoir* bis nächsten Freitag."

Ich machte mich bereit zu gehen, denn der Oberst blieb, bis ich mit ihm kam. Schon damals misstrauten wir einander so sehr, dass keiner den anderen mit der Signorina allein ließ.

Wir trennten uns an der Tür, er ging die Straße hinauf, um sein Pferd zu holen und zu seiner „Ranch" zu reiten, ich bog in Richtung Piazza ab.

Wir ließen die Signorina an der Tür zurück, sie sah blass und müde aus und war ausnahmsweise einmal ihrer Hochstimmung beraubt. Armes Mädchen! Sie empfand Verschwörungen als eher anstrengende Arbeit.

Ich war selbst etwas beunruhigt. Mir wurde klarer, dass es für einen Mann mit Skrupeln nicht angebracht ist, sich in der Politik zu engagieren. Ich hatte große Achtung vor dem armen Johnny und hatte kein Vertrauen in den Oberst, der ihn mit Rücksichtnahme behandelte. Tatsächlich hätte ich Johnnys Leben für die nächste Woche zu keiner denkbaren Prämie versichert. Auch hier hielt ich es für unwahrscheinlich, dass der Präsident seinen Sturz überleben würde, wenn wir Erfolg hätten. Ich musste mir die ganze Geschichte seines Verrats an mir wiederholen und mich in Wut gegen ihn versetzen, bevor ich mich dazu durchringen konnte, resigniert an das bevorstehende Aussterben dieses strahlenden Lichts zu denken. Was für ein Verlust wäre er für die Welt! So viele entzückende Geschichten, so eine große Begabung, so ein immenser persönlicher Charme – alles nur, um in der Grube zu verschwinden! Und wofür? Einen Raufbold ohne erlösende Eigenschaften in seine Schranken weisen. Hat es sich gelohnt, Luzifer niederzuschlagen, nur um Beelzebub auf den Thron zu setzen? Ich konnte dieser traurigen Denkweise nur Einhalt gebieten, indem ich mich streng an die eigentliche Frage erinnerte – den Stand meines Schicksals, John Martin. Und für mich war die Revolution notwendig. Ich könnte das Geld bekommen; Zumindest sollte ich Zeit gewinnen. Und ich könnte meine Liebe befriedigen. Mich beseelte das ehrenvolle Motiv, meine Arbeitgeber vor dem Verlust zu bewahren, und das überwältigende Motiv meiner eigenen Leidenschaft. Wenn das Fortbestehen von Johnny und dem Präsidenten mit diesen legitimen Zielen unvereinbar war, umso schlimmer für Johnny und den Präsidenten.

KAPITEL VIII.
JOHNNY CARR IST VORSÄTZLICH.

Die nächsten drei Tage waren im Großen und Ganzen die unangenehmsten, die ich je in meinem Leben verbracht habe. Ich bekam wenig Schlaf und keine Ruhe; Ich lief den ganzen Tag mit einem Revolver herum und zuckte jedes Mal zusammen, wenn ich ein Geräusch hörte. Ich habe viel Kleingeld ausgegeben, um jede Ausgabe aller Zeitungen zu kaufen; Mit Schrecken lauschte ich den fernen Schreien der Zeitungsverkäufer und fürchtete, als die Worte allmählich deutlicher zu erkennen waren, zu hören, dass unser Geheimnis kein Geheimnis mehr sei. Ich musste mich zeigen und schreckte doch vor allen Menschenansammlungen zurück. Ich wickelte meine Geschäfte abwesend und mit einem Gesicht von so übermenschlicher Unschuld ab, dass, wenn jemand mich beobachtet hätte, er sofort vermutet hätte, dass etwas nicht stimmte. Ich war nicht in der Lage, eine Reihe von Zahlen zusammenzuzählen, und Jones machte sich große Sorgen um den Zustand meines Gehirns. Mit einem Wort, meine Nerven waren völlig erschüttert, und ich gelobte, nie wieder eine Regierung zu verärgern , solange ich lebe. In Zukunft müsste mir die bestehende Verfassung gut genug sein. Ich habe den Präsidenten, den Oberst, die Direktoren und mich selbst unparteiisch verflucht! und ich glaube wirklich, dass nur der Gedanke an die Signorina mich daran gehindert hat, mit ganzer Haut, wenn auch mit leerer Tasche, ein Mondlicht über die Grenze zu huschen und es den rivalisierenden Patrioten von Aureataland zu überlassen , untereinander auszufechten.

Glücklicherweise geschah jedoch nichts, was meine Befürchtungen rechtfertigen könnte. Die andere Seite schien in dumpfer Sicherheit zu versinken. Der Präsident ging oft zum Finanzministerium und unterhielt sich stundenlang mit Don Antonio; Ich nehme an, dass sie ihren schändlichen Plan perfektionierten. Es gab keine Anzeichen von Aufregung oder Aktivität in der Kaserne; Die nachmittäglichen Zusammenkünfte auf der Piazza waren mit nichts Ernsterem beschäftigt als der Aussicht auf Rasentennis und dem schmerzlichen Mangel an Tänzen. Die offiziellen Ankündigungen bezüglich der Schulden hatten eine beruhigende Wirkung gehabt; und alle Klassen schienen geneigt zu sein, abzuwarten und zu sehen, was der neue Plan des Präsidenten war.

So vergingen Mittwoch und Donnerstag. An keinem Tag hatte ich etwas von meinen Mitverschwörern gehört; Unsere schriftlichen Vereinbarungen hatten sich bisher als unnötig – oder erfolglos – erwiesen. Die letztere Möglichkeit jagte mir einen Schauer über den Rücken, und meine lebhafte Fantasie stellte sich das Lächeln Seiner Exzellenz vor, als er die verräterischen Dokumente durchsah. Wenn ich am Morgen des Freitags nichts hörte, war ich auf jeden Fall entschlossen, den Oberst aufzusuchen. Mit Beginn dieses ereignisreichen Tages wurde ich jedoch von dieser Notwendigkeit befreit. Ich lag gegen halb zehn im Bett (denn ich mache das Leben nie noch schlimmer, indem ich früh aufstehe), als mein Diener drei Briefe hereinbrachte.

„Von der Bank geschickt, Sir", sagte er, „mit Mr. Jones' Komplimenten, und gehen Sie heute Morgen dorthin?"

„Mein Kompliment an Mr. Jones, er könnte mich in fünf Minuten erwarten", antwortete ich.

Die Briefe waren alle mit „Sofort" gekennzeichnet; einer von der Signorina, einer vom Oberst, einer von der Kaserne. Ich habe das letzte zuerst geöffnet und Folgendes gelesen:

„Die Offiziere der Aureataland- Armee haben die Ehre, Herrn John Martin daran zu erinnern, dass sie hoffen, heute Abend pünktlich um zehn Uhr das Vergnügen seiner Gesellschaft beim Abendessen zu haben. In der unvermeidlichen Abwesenheit Seiner Exzellenz, des Präsidenten, aufgrund der dringenden Sorgen des Staates und des Herrn Ehrenpräsidenten. Colonel McGregor aus Unwohlsein, der Toast der Armee von Aureataland wird von Major Alphonse DeChair ausgebracht .

„PS – Cher Martin, rede heute Abend lange. Die beiden großen Männer kommen nicht und der Abend will ausgefüllt werden. *Tout` vous* ,

„ALPHONSE DECHAIR."

deinen Abend für dich ausfüllen ", sagte ich mir, bisher sehr zufrieden.

Dann öffnete ich den Brief der Signorina.

"LIEBER HERR. MARTIN [es begann]:

Wären Sie so freundlich, mich reinzuschicken?

im Laufe des Tages zwanzig Dollar

kleine Veränderung? Ich möchte das geben

Schulkinder ein Durcheinander. Ich schließe ein

überprüfen. Es tut mir so leid, dass du es nicht konntest

esse heute Abend mit mir, aber ich

Ich bin froh, denn ich hätte es tun müssen

halte dich davon ab, denn es ist mir befohlen

ziemlich plötzlich im Golden zu speisen

Haus. Mit freundlichen Grüßen, glaube

Ich, mit freundlichen Grüßen,

„CHRISTINA NUGENT. "

„Sehr gut", sagte ich. „Ich gehe davon aus, dass das Gerangel weitergehen wird. Und nun zum Oberst."

Der Brief des Obersten lautete wie folgt:

„LIEBER MARTIN: Ich lege den Scheck bei

für fünfhundert Dollar. Mein Mann wird es tun

Rufen Sie morgen früh das Bargeld an.

Ich gebe dir Bescheid, weil ich alles will

in Silber für den Lohn. [Eher eine Armut

der Erfindungsreichtum unter uns, dachte ich.]

Carr und ich sind beide zusammen hier

schäbig. Der arme Carr liegt auf dem Rücken und

wahrscheinlich ein oder zwei Tage dort bleiben — schlecht

Angriff von Champagner. Ich bin

besser, und obwohl ich die Angelegenheit gekürzt habe

Ich gehe davon aus, dass wir heute Abend in der Kaserne sein werden

heute Nachmittag auf und ab.

"Immer deiner,

„GEO. MCGREGOR. "

"Oh! Carr liegt also auf dem Rücken und wird wahrscheinlich dort bleiben, oder? Sehr wahrscheinlich, gehe ich davon aus; aber ich frage mich, was es bedeutet. Ich hoffe, der Oberst war nicht sehr drastisch. Allerdings scheint alles richtig zu sein; tatsächlich besser, als ich gehofft hatte."

In dieser fröhlicheren Stimmung stand ich auf, frühstückte in aller Ruhe und machte mich gegen elf Uhr auf den Weg zur Bank.

Natürlich war die erste Person, die ich auf der Straße traf, eine der letzten, die ich treffen wollte, nämlich Donna Antonia. Sie saß zu Pferd und ihr Pferd sah aus, als hätte es einiges getan. Als sie mich sah, zog sie die Zügel an und ich konnte nicht anders, als ich meinen Hut hob.

„Woher so früh?" Ich fragte.

"Früh?" Sie sagte. „Ich rufe so früh nicht an. Ich habe eine lange Fahrt hinter mir; Tatsächlich bin ich mit einer Nachricht von Papa zu Mr. Carrs Haus gefahren; aber er ist nicht da. Wissen Sie, wo er ist, Herr Martin?"

„Keine Ahnung", sagte ich. „Er war vier Nächte lang nicht zu Hause", fuhr sie fort, „und im Ministerium war er auch nicht. Es ist sehr merkwürdig, dass er auf diese Weise verschwindet, gerade wenn das ganze Geschäft im Gange ist."

„Was für ein Geschäft, Donna Antonia?" Ich fragte höflich.

Sie errötete und erinnerte sich zweifellos daran, dass das Geschäft immer noch ein Geheimnis war.

"Nun ja! Sie wissen, dass im Finanzministerium zu dieser Zeit immer viel los ist. Es ist die Zeit, in der sie alle bezahlen, nicht wahr?"

„Es ist der Zeitpunkt, an dem sie alle bezahlen sollten", sagte ich.

„Nun", fuhr sie fort, ohne meine Korrektur zu bemerken, „jedenfalls sind Papa und der Präsident beide sehr verärgert über ihn; Also bot ich an, in seine Richtung zu fahren."

"Wo kann er sein?" Ich fragte noch einmal.

„Nun", antwortete sie, „ich glaube, er ist bei Colonel McGregor, und nach dem Mittagessen werde ich dorthin gehen. Ich weiß, dass er am Montag dort gegessen hat, und ich wage zu behaupten, dass er dort geblieben ist."

„Nein", dachte ich, „das darfst du nicht tun, es könnte unbequem sein." Also sagte ich:

„Ich weiß, dass er nicht da ist; Ich habe heute Morgen von McGregor gehört, und er sagte, Carr habe ihn am Dienstag verlassen. Wie dumm ich bin! Der Colonel sagt, Carr habe ihm gesagt, dass er mit seiner Yacht ein paar Tage lang segeln wolle. Ich gehe davon aus, dass ihm Gegenwind droht und er nicht mehr zurückkommen kann."

„Es ist sehr schlecht von ihm, dass er geht", sagte sie, „aber das ist es zweifellos. Papa wird wütend sein, aber er wird froh sein, zu wissen, dass ihm nichts passiert ist."

„Freut mich, Sie entlastet zu haben", sagte ich und verabschiedete mich von ihr, dankte meinen Sternen für die glückliche Eingebung und fragte mich, ob Don Antonio feststellen würde, dass dem armen Johnny kein Leid widerfahren war. Ich hatte meine Zweifel. Ich bedauerte, dass ich Donna Antonia sagen musste, was ich nicht für wahr hielt, aber diese Dinge gehören zu den Nebenerscheinungen von Revolutionen – ein Punkt, an dem sie Ähnlichkeiten mit dem Geschäftsleben haben.

Als ich in der Bank ankam , schickte ich kurze Antworten auf meine Briefe; Jede der Antworten hatte den gleichen Zweck, nämlich, dass ich zur vereinbarten Zeit in der Kaserne sein sollte. Ich brauche den Leser nicht mit den verschiedenen Verpackungen zu belästigen, in denen dieses wesentliche Stück Intelligenz enthalten war. Dann hatte ich eine verzweifelte Begegnung mit Jones; Das Geschäft lief stagnierend, und Jones brannte in dem unheiligen Wunsch, die sich dadurch bietende Gelegenheit zu nutzen, um eine erschöpfende Untersuchung über den Zustand unseres Reservats anzustellen. Er konnte meine plötzliche Pünktlichkeit in Bezug auf Zeiten und Jahreszeiten nicht verstehen, und ich fürchtete, ich müsste ihm klar und deutlich sagen, dass es ihm nur über meinen leblosen Körper gelingen würde, den Inhalt des Safes zu verbergen. Schließlich sorgte ich für Ablenkung, indem ich ihn überredete, Mrs. Jones einen Ausflug ins Land zu machen, und nachdem ich so in Ruhe gelassen worden war, verbrachte ich den Nachmittag damit, die letzten Vorbereitungen zu treffen . Ich habe viele Briefe verbrannt; Ich schrieb einen rührenden Abschiedsgruß an meinen Vater, in dem ich unter dem Deckmantel einer Vergebung die Gelegenheit nutzte, ihn darauf hinzuweisen, wie sehr sein unvorsichtiges Verhalten dazu beigetragen hatte, die Schwierigkeiten seines pflichtbewussten Sohnes zu vergrößern. Ich wurde nur durch die offensichtliche Unvorsichtigkeit, es bezeugen zu lassen, davon abgehalten, ein Testament zu verfassen. Ich verbrachte eine fieberhafte Stunde damit, imaginäre Schüsse mit meinem Revolver abzufeuern, um festzustellen, ob das Instrument in Ordnung war. Schließlich schloss ich um fünf die Bank, ging zur Piazza, nahm eine leichte Mahlzeit ein und rauchte in rasender Geschwindigkeit Zigarren, bis es Zeit war, mich für das Abendessen umzuziehen; und nie war ich glücklicher, als wenn endlich der Moment zum Handeln kam. Während ich mich anzog und jedes Kleidungsstück mit dem Gefühl verweilte, dass ich es nie wieder anziehen oder sogar wieder ausziehen würde, erhielt ich eine zweite Nachricht vom Oberst. Es wurde von einem Boten auf einem schwitzenden Pferd gebracht, der zu meiner Tür galoppierte . Ich kannte den Boten gut vom Sehen; er war der Kammerdiener des Obersten. Mein Herz schlug mir bis zum Hals, als ich den Umschlag aus seinen Händen nahm (denn ich selbst rannte hinunter). Der Kerl war offensichtlich in unserem Geheimnis, denn er grinste mich nervös an, als er es mir reichte, und sagte:

„Ich sollte schnell reiten und den Brief zerstören, wenn jemand in die Nähe käme."

Ich nickte und öffnete es. Es sagte:

"C. Ich bin heute Abend gegen sechs entkommen.

Es wird angenommen, dass er zu seinem Haus gegangen ist.

Er vermutet. Wenn Sie ihn sehen, schießen Sie weiter

Sicht."

Ich drehte mich zu dem Mann um.

„Hatte Mr. Carr ein Pferd?" Ich fragte.

"Nein Sir; zu Fuß gegangen."

„Aber es gibt Pferde in seinem Haus."

„Nein, Sir, der Oberst hat sie alle ausgeliehen."

„Warum glauben Sie, dass er dorthin gegangen ist?"

„Konnte nicht über die Straße nach Whittingham kommen, Sir, sie wird patrouilliert."

Es gab noch eine Chance. Vom Colonel bis Johnny waren es zehn Meilen quer durch das Land und von Johnny bis Whittingham sechs Meilen. Der Mann erriet meine Gedanken.

„Er kann nicht schnell gehen, Sir, er ist am Bein verletzt. Wenn er zuerst nach Hause geht, was er tun wird, weil er nicht weiß, dass seine Pferde weg sind, kann er frühestens um elf hier sein."

„Wie wurde er verwundet?" Ich fragte. „Erzählen Sie mir, was der Oberst ihm angetan hat, und fassen Sie sich kurz."

"Jawohl. Der Oberst teilte uns mit, dass Mr. Carr über Nacht auf der Ranch bleiben sollte; Ich solle es nicht am Leben lassen, Sir, sagte er. Nun, bis gestern war alles in Ordnung und angenehm. Mr. Carr ging es nicht sehr gut und die Dosen, die ihm der Colonel gab, schienen ihn nicht besser zu machen – ganz im Gegenteil. Aber gestern Nachmittag wurde er wild, würde sowieso gehen, egal ob krank oder gesund! Also stand er auf und zog sich an. Wir hatten ihm alle Waffen abgenommen, Sir, und als er angezogen herunterkam und nach seinem Pferd fragte, sagten wir ihm, er könne nicht gehen. Nun, er sagte nur: „ Geh aus dem Licht, sage ich dir" und ging auf die Flurtür zu. Es macht mir nichts aus, zu sagen, dass wir ziemlich durcheinander waren, Sir. Wir hatten keine Lust, ihn so zu erschießen, und ich glaube, wir hätten ihn passieren lassen; Doch gerade als er hinausgehen wollte, kam der Oberst herein. 'Hallo! Was ist das, Johnny?' sagt er. „Sie haben einen verdammten Plan im Kopf", sagte Mr. Carr . „Ich glaube, du hast mich unter Drogen gesetzt. „Geh mir aus dem Weg, McGregor, sonst mache ich dir eins." 'Wo gehst du hin?' sagt der Oberst. „Nach Whittingham, zum Präsidenten", sagte er. „Heute nicht", sagt der Oberst. „Komm, sei vernünftig, Johnny. Morgen wird es dir gut gehen.' „Colonel McGregor", sagt er, „ich bin unbewaffnet und Sie haben einen Revolver." Du kannst mich erschießen, wenn du willst, aber sonst gehe ich raus. Du hast mich ein bisschen ausgetrickst, und, bei Gott! du sollst dafür bezahlen.' Damit stürzte er sich direkt auf den Oberst. Der Oberst trat zur Seite und ließ ihn passieren. Dann ging er hinter ihm her zur Tür, wartete, bis er etwa fünfzehn Meter entfernt war, dann griff er mit seinem Revolver, so kühl wie man wollte, und schoss ihm so sauber wie ein Sixpence ins rechte Bein. Herr Carr kam herunter ; Er lag ein oder zwei Minuten da und fluchte, dann fiel er in Ohnmacht. „Heben Sie ihn hoch, verbinden Sie seine Wunde und bringen Sie ihn ins Bett", sagt der Oberst. Nun, mein Herr, es war nur eine Fleischwunde, also haben wir es ihm bald bequem gemacht, und dort lag er die ganze Nacht."

„Wie ist er heute entkommen?"

Carr rübergegangen, um seine Pferde auszuleihen. Der Colonel hat eine Nachricht entgegengenommen, Sir. [Hier grinste der Kerl wieder.] Ich weiß nicht, was es war. Nun, als wir die Pferde hatten, ritten wir um die Stadt herum und kamen auf die Straße zwischen hier und dem Haus des Obersten . Wir bekamen zehn Pferde und gingen dorthin, um den zehn Männern, die auf der Straße patrouillierten, frische Pferde zu geben. Wir hörten von ihnen, dass niemand mitgekommen sei. Als wir nach Hause kamen, war er schon zwei Stunden weg!"

„Wie hat er das geschafft?"

„Eine Frau, Sir", sagte mein Krieger mit größtem Ekel. „Gib ihr einen Kuss und zehn Dollar, damit sie die Haustür aufmacht, und dann ist er weg! Er wagte es nicht , in den Stall zu gehen, um ein Pferd zu holen, also musste er auf seinem Wildbein davonhumpeln. Er ist auch ein mutiger Kerl", schloss er.

„Armer alter Johnny!" sagte ich. „Du bist ihm nicht nachgegangen?"

„Keine Zeit, Sir. Konnte die Pferde nicht ermüden. Außerdem hatte er, als er nach Hause kam, ein Dutzend Männer dort, und sie hätten uns die ganze Nacht festgehalten. Nun, Sir, ich muss gehen. Irgendeine Antwort für den Oberst? Er wird um elf vor dem Goldenen Haus sein, Sir, und Mr. Carr wird nicht reinkommen, wenn er danach kommt."

„Sag ihm, er soll sich auf mich verlassen", antwortete ich. Aber trotzdem hatte ich nicht vor, Johnny sofort zu erschießen. Also machte ich mich sehr beunruhigt auf den Weg zur Kaserne und fragte mich, wann Johnny in Whittingham ankommen würde und ob er vor dem Goldenen Haus in die Hände des Obersten fallen würde. Es erschien mir unangenehm wahrscheinlich, dass er kommen und die Harmonie meines Abends zerstören könnte; Wenn er zuerst dort wäre, würde die Verschwörung meine Hilfe wahrscheinlich frühzeitig verlieren! Was mit mir passieren würde, wusste ich nicht. Aber als ich in der Lobby meinen Mantel auszog, bückte ich mich, als wollte ich einen Schnürsenkel binden, und warf noch einen Blick auf meinen Revolver.

KAPITEL IX.
EINE ABENDESSENPARTY.

Dieses Abendessen werde ich mein Leben lang nie vergessen. Wenn man es nur als geselliges Beisammensein betrachtete, wäre es unvergesslich genug, denn ich habe noch nie zuvor oder seitdem mit zehn so seltsamen Gästen wie meinen Gastgebern an diesem Abend beim Essen gesessen. Die Offiziere der Aureataland- Armee waren eine sehr gemischte Truppe – zwei oder drei Spanisch-Amerikaner, drei oder vier Brasilianer und die übrigen Amerikaner gehörten dem Typus an, auf den ihre Landsleute am wenigsten stolz waren. Wenn sich unter ihnen ein ehrlicher Mann befand, verbarg er sorgfältig seinen Anspruch auf Auszeichnung; Ich weiß, dass es keinen Nüchternen gab. Die Menge des konsumierten Alkohols war bedeutungsvoll; und ich freute mich vor unheiliger Freude, als ich sah, wie sich ein Mann nach dem anderen rasch zu dem machte, was Diplomaten Quantiti *nennen vernachlässigbar* . Das Gespräch brauchte alle Ausreden, die der Anlass bieten konnte, und der Witz wäre in einer gewöhnlichen Kneipe übermäßig grob gewirkt. All dies könnte aus meiner Erinnerung verschwunden sein oder sich in gedämpfter Harmonie mit meinem allgemeinen Eindruck von Aureataland vermischt haben ; aber die besondere Position, in der ich stand, verlieh meinem Geist eine ungewöhnliche Wahrnehmungsaktivität. Inmitten dieser Gruppe sorgloser, betrunkener Nachtschwärmer saß ich wachsam, ruhelos und ungeduldig; Ich tat so, als ob ich eine führende Rolle in ihrer ausschweifenden Heiterkeit spielen würde, und war nüchtern, gefasst und bis in die Fingerspitzen wachsam. Ich beobachtete gespannt ihre Haltung und ihren Gesichtsausdruck. Ich brachte sie dazu, über den Präsidenten zu sprechen, und freute mich, als ich an seiner Basis offenes Gemurmel und verdeckte Drohungen auslöste, aus Undankbarkeit gegenüber den Männern, auf deren Unterstützung seine Macht beruhte. Sie hatten seit sechs Monaten keinen Lohn mehr erhalten und waren zu allem Unheil bereit. Ich war mehr als einmal versucht, dem Oberst zuvorzukommen und die Revolution auf eigene Faust zu beginnen; Nur meine Unfähigkeit, ihnen Argumente vorzutragen, die ihnen zuhören würden, hielt mich davon ab.

Elf Uhr war gekommen und gegangen. Der Oberkapitän hatte den Gesundheitszustand des Präsidenten vorgeschlagen. Es wurde in mürrischer Stille getrunken; Ich war der einzige Mann, der dies würdigte, indem er von seinem Platz aufstand.

Der Major hatte die Armee vorgeschlagen, und sie hatten tief in sich hineingetrunken. Ein junger Mann mit schwachem Gesichtsausdruck und zitternden Beinen hatte in lobenden, aber zusammenhangslosen Worten „Der Handel von Aureataland “ gepaart mit dem Namen Mr. John Martin vorgeschlagen, und ich war auf den Beinen und antwortete. Oh, diese Rede von mir! Was die Diskursivität, die Wiederholung und den reinen Wahnsinn angeht, wurde es wohl noch nie erreicht. Ich dröhnte stetig davon, unterbrochen nur von Rufen nach frischem Wein; Als ich weiterging, schenkte das Publikum immer weniger Aufmerksamkeit. Es war nach zwölf. Die Quelle meiner Beredsamkeit lief immer trockener, und doch draußen war kein Laut zu hören! Ich fragte mich, wie lange sie es aushalten würden und wie lange ich es aushalten würde. Um 12.15 Uhr begann ich mit meiner Rede. Kaum hatte ich das getan, als einer der jungen Männer mit sanfter Stimme ein völlig unbeschreibliches Liedchen anstimmte. Einer nach dem anderen nahmen sie es auf, bis die zunehmende Stimmenflut meine inbrünstigen Phasen übertönte. Notgedrungen blieb ich stehen. Sie waren jetzt alle auf den Beinen. Wollten sie Schluss machen? In meiner Verzweiflung über den Gedanken erhob ich meine laute und deutliche Stimme (die einzige noch deutliche Stimme im Raum) in der beschämendsten Strophe dieser beschämenden Komposition, ergriff die Hand meines Nachbarn und begann, mich langsam um den Tisch zu bewegen. Der Umzug war erfolgreich. Jeder Mann folgte seinem Beispiel, und die ganze Gruppe drehte sich, ihre Stühle zurücklehnend, mit torkelnden Schritten um die *Reste* leerer Flaschen und Zigarrenasche.

Der Raum war voller Rauch und es roch nach Wein. Mechanisch leitete ich den Refrain und strengte alle meine Nerven an, um ein Geräusch von draußen zu hören. Mir wurde schwindelig bei der Bewegung und ich wurde von der Belastung meiner Nerven überanstrengt. Ich wusste, dass ein paar Minuten mehr die Grenze meiner Ausdauer sein würden, als ich endlich einen lauten Schrei und Stimmengewirr hörte.

"Was ist das?" rief der Major mit dicker Stimme und hielt inne, während er sprach.

Ich ließ seine Hand los, ergriff meinen Revolver und sagte:

„Irgendein Streit zwischen Betrunkenen in der Kaserne, Major. Lass sie in Ruhe.“

„Ich muss gehen“, sagte er. „Charakter – Aureataland – Armee – auf dem Spiel.“

„Beauftragen Sie einen Dieb, einen Dieb zu fangen, nicht wahr, Major?“ sagte ich. „Was meinen Sie, Sir?“ er stotterte. "Lass mich gehen."

„Wenn Sie sich bewegen, schieße ich, Major“, sagte ich und holte meine Waffe heraus.

Ich habe nie ein größeres Erstaunen im menschlichen Gesicht gesehen. Er fluchte laut und rief dann:

„Hallo, halte ihn auf – er ist verrückt – er wird schießen!"

Die Crew um uns herum brach in schallendes Gelächter aus, denn sie schätzten meinen vermeintlichen Witz außerordentlich.

„Du hast recht, Martin!" rief einer. „Halten Sie ihn ruhig. Wir werden erst morgen früh nach Hause gehen."

Der Major drehte sich zum Fenster. Es war eine Mondnacht, und als ich mit ihm hinsah, sah ich den Hof voller Soldaten. Wer hatte das Kommando? Die Antwort darauf bedeutete mir sehr viel.

Dieser Anblick ernüchterte den Major etwas.

„Eine Meuterei!" er weinte. „Die Soldaten sind aufgestanden!"

„Geh ins Bett", sagte der Juniorfähnrich.

„Schau aus dem Fenster!" er weinte.

Sie taumelten alle zum Fenster. Als die Soldaten sie sahen, schrien sie. Ich konnte nicht unterscheiden, ob es eine Begrüßung oder eine Drohung war. Sie hielten es für Letzteres und wandten sich der Tür zu.

"Stoppen!" Ich weinte; „Ich erschieße den ersten Mann, der die Tür öffnet."

Verwundert wandten sie sich gegen mich. Ich stand ihnen gegenüber, den Revolver in der Hand. Sie warteten einen Moment zusammengedrängt, dann stürmten sie auf mich zu; Ich habe geschossen, aber verfehlt. Ich hatte die Vision einer schwebenden Karaffe; Eine Sekunde später traf mich die Rakete in der Brust und schleuderte mich zurück gegen die Wand. Als ich fiel, ließ ich meine Waffe fallen und sie waren auf mir. Ich dachte, es wäre alles vorbei; Doch als sie im Wahnsinn des Alkohols und der Wut herumstürmten, sah ich, als ich durch ihre Reihen blickte, wie sich die Tür öffnete und eine Menge Männer hereinstürmte. Wer war an ihrer Spitze? Gott sei Dank! Es war der Oberst, und seine Stimme übertönte den Tumult:

„Ordnung, meine Herren, Ordnung!" Dann fügte er seinen Männern hinzu:

„Jeder markiert seinen Mann, und zwei von euch bringen Mr. Martin hierher."

Ich wurde gerettet. Um das zu erklären, muss ich Ihnen erzählen, was im Goldenen Haus passiert ist und wie der nächtliche Angriff verlaufen ist.

KAPITEL X.
ZWEI ÜBERRASCHUNGEN.

Es ist eine traurige Notwendigkeit, die uns dazu zwingt, in die Schwächen unserer Mitgeschöpfe einzudringen und zu versuchen, sie zu unserem eigenen Vorteil auszunutzen. Ich bin nicht philosophisch genug, um zu sagen, ob dieses Verhalten aus seiner Universalität eine Rechtfertigung erhält, aber im Bereich der Praxis habe ich nie gezögert, mich auf eine moralische Ebene mit denen zu stellen, mit denen ich zu tun hatte. Gelegentlich habe ich vielleicht sogar die andere Partei verlassen, um diese notwendige Anpassung vorzunehmen, und ich habe noch nie erlebt, dass er es versäumt hat, dies zu tun. Ich hatte daher kaum Bedenken, die einzige Schwachstelle auszunutzen, die in der Verteidigung unseres gefürchteten Gegners, Seiner Exzellenz, des Präsidenten von Aureataland , erkennbar war . Zweifellos hat das Auge des Lesers schon einmal das Gelenk in der Rüstung dieses großen Mannes entdeckt, auf das wir unsere Rakete richteten. Als Liebhaber missbilligte ich die Beschäftigung der Signorina in diesem Dienst; Als Politiker war ich stolz auf das Gerät; Als Mensch habe ich erkannt, was wir sehr gerne anerkennen, dass es mir nicht zusteht, die Arbeit mit solchen Instrumenten zu verweigern, die scheinbar in meine Hände gelegt wurden.

Aber was auch immer das Urteil der Moralisten über unser System sein mag, die Ereignisse haben seine Weisheit bewiesen. Der Präsident hatte keinen Grund, eine Falle zu vermuten; Deshalb entschied er sich, wie ein vernünftiger Mann, den Abend lieber mit der Signorina als mit seinen tapferen Offizieren zu verbringen. Mit ebenso gutem Geschmack beschloss er, *die Zeit mit ihr* zu verbringen , wenn sie ihm die Gelegenheit dazu *gab* . In unseren anschließenden Gesprächen äußerte sich die Signorina nicht darüber, wie die frühen Abendstunden verliefen. Sie begann ihre Erzählung lieber an dem Punkt, an dem ihre Einsamkeit unterbrochen wurde. Da ich mich für diesen Teil meiner Geschichte auf ihren Bericht und den des Obersten verlasse, bin ich gezwungen, im selben Moment zu beginnen. Es scheint, dass um wenige Minuten nach elf Uhr, als der Präsident friedlich eine Zigarre rauchte und der Unterhaltung seines schönen Gastes zuhörte (den er durch alarmierende Bemerkungen über ihre offensichtliche Besorgnis in eine affektierte Lebendigkeit versetzt hatte), ein Sturz stattfand an seinem Ohr das Geräusch eines lauten Klopfens an der Tür. Das Abendessen war in einem kleinen Raum im hinteren Teil des Hauses serviert worden, und der Präsident konnte keinen Blick auf den Türklopfer werfen, ohne auf die Veranda zu gehen, die rund um das Haus verlief, und nach vorne zu gehen. Als das Klopfen zu hören zwar, fuhr die Signorina auf.

„Stören Sie sich nicht, beten Sie", sagte Seine Exzellenz höflich. „Ich habe besondere Anweisungen gegeben, dass ich heute Abend für niemanden sichtbar war. Aber ich habe mich gefragt, ob es Johnny Carr sein könnte . Ich möchte einen Moment mit ihm sprechen und dann gehe ich einfach nach draußen und schaue, ob es so ist."

Während er sprach, war ein leises Klopfen an der Tür zu hören.

"Ja?" sagte der Präsident.

"Herr. Carr steht an der Tür und möchte insbesondere Eure Exzellenz sehen. Eine dringende Angelegenheit, sagt er."

„Sagen Sie ihm, dass ich vorbeikomme und von der Veranda aus mit ihm rede", antwortete der Präsident.

Er drehte sich zum Fenster und öffnete es, um herauszutreten.

Lassen Sie mich erzählen, was aus den Worten der Signorina folgte.

„In diesem Moment hörten wir das Geräusch mehrerer herangaloppierender Pferde. Der Präsident blieb stehen und sagte:

"'Hallo! was ist los?'

„Dann gab es einen Schrei und eine Salve von Schüssen, und ich hörte die Stimme des Obersten rufen:

„'Nieder mit den Armen; unten, sage ich, oder ihr seid tote Männer.'

„Der Präsident ging schnell durch den Raum zu seinem Schreibtisch, nahm seinen Revolver, ging zurück zum Fenster, ging hindurch und verschwand wortlos. Ich konnte nicht einmal das Geräusch seines Fußes auf der Veranda hören.

„Ich hörte noch einen Schuss – dann stürmten Männer zur Tür, und der Oberst stürmte herein, mit Schwert und Revolver in der Hand, gefolgt von zehn oder einem Dutzend Männern.

„Ich rannte erschrocken auf ihn zu und schrie:

„'Oh, ist jemand verletzt?'

„Er nahm keine Notiz davon, sondern fragte hastig:

"'Wo ist er?'

„Ich zeigte auf die Veranda und schnappte nach Luft:

„'Er ist da rausgegangen.' Dann wandte ich mich an einen der Männer und sagte noch einmal:

"'Ist jemand verletzt?'

„,Nur Mr. Carr ', antwortete er. „Der Rest von ihnen. " waren ein kostbarer Anblick, zu vorsichtig mit sich selbst.'

„,'Und wird er getötet?'

„,Glauben Sie nicht, dass er tot ist, Fräulein', sagte er; „Aber er ist schwer verletzt."

„Als ich mich wieder umdrehte, sah ich den Präsidenten ganz ruhig am Fenster stehen. Als der Oberst ihn sah , hob er seinen Revolver und sagte:

„,Geben Sie nach, General Whittingham? Wir sind zwölf vor eins.'

„Während er sprach, bedeckte jeder Mann den Präsidenten mit seinem Ziel. Letzterer stand vor den zwölf Revolvern und hielt seine eigene Waffe lose in der linken Hand. Dann sagte er lächelnd etwas bitter:

„,Heldentaten sind nicht mein Ding, McGregor. Ich nehme an, dass dies ein Volksaufstand ist – das heißt, Sie haben meine Männer bestochen, meinen besten Freund ermordet und mich mit den Verlockungen davon betört ... "

„Ich konnte die Worte, die auf seinen Lippen hingen, nicht ertragen, und schluchzend fiel ich auf ein Sofa und verbarg mein Gesicht.

„,Nun, wir dürfen keine harten Namen verwenden', fuhr er in sanfterem Ton fort. „Wir sind alle so, wie Gott uns geschaffen hat." Ich gebe nach", und er warf seine Waffe weg und fragte: „Hast du Carr ganz getötet ?"

„,Ich weiß es nicht', sagte der Oberst und deutete damit deutlich an, dass es ihm auch egal sei.

„,'Ich nehme an, Sie haben ihn erschossen?'

„Der Oberst nickte.

„Der Präsident gähnte und schaute auf seine Uhr.

„,Da ich an der heutigen Aufführung nicht beteiligt bin', sagte er, ,habe ich wohl die Freiheit, zu Bett zu gehen?'

„Der Oberst sagte kurz:

„,Wo ist das Schlafzimmer?'

„,Dort drin', sagte der Präsident und deutete mit der Hand auf eine Tür gegenüber der Tür, durch die der Oberst eingetreten war.

„,Erlauben Sie mir', sagte dieser. Er ging hinein, zweifellos um zu sehen, ob es noch einen anderen Ausgang gab. Als er kurz darauf zurückkam, sagte er:

„„Meine Männer müssen hier bleiben, und Sie müssen die Tür offen lassen.'

„„Ich habe keine Einwände', sagte der Präsident. „Zweifellos werden sie meine Bescheidenheit respektieren."

„„Zwei von euch bleiben in diesem Zimmer. Zwei von euch wachen auf der Veranda, einer an diesem Fenster, der andere am Schlafzimmerfenster. Ich werde drei weitere Wachposten draußen aufstellen. General Whittingham darf diesen Raum nicht verlassen. Wenn Sie dort etwas hören oder sehen, gehen Sie hinein und nehmen Sie ihn fest. Ansonsten behandle ihn mit Respekt.'

„„Ich danke Ihnen für Ihre Höflichkeit', sagte der Präsident, ‚auch für das Kompliment, das diese Vorsichtsmaßnahmen mit sich bringen. Hat Ihr Patriotismus Sie wegen dieser Schuldenfrage zum Aufstand verleitet?

„„Ich sehe in diesem Moment keinen Sinn darin, öffentliche Angelegenheiten zu diskutieren', antwortete der Oberst. „Und meine Anwesenheit ist anderswo erforderlich." Ich bedaure, dass ich Sie nicht von der Anwesenheit dieser Männer entbinden kann, aber ich glaube nicht, dass ich berechtigt sein sollte, Ihre *Bewährung anzunehmen* .'

„Der Präsident schien über diese Beleidigung nicht verärgert zu sein.

„„Ich habe es nicht angeboten', sagte er schlicht. „Es ist besser, Sie sollten Ihre eigenen Maßnahmen ergreifen." Muss ich Sie festhalten, Oberst?'

„Der Oberst antwortete ihm nicht, sondern drehte sich zu mir um und sagte:

„„Signorina Nugent, wir warten nur auf Sie, und Zeit ist kostbar.'

„„Ich werde dir gleich folgen', sagte ich, während mein Kopf immer noch zwischen den Kissen lag.

„„Nein, komm jetzt', befahl er.

„Als ich aufsah, sah ich ein Lächeln im Gesicht des Präsidenten. Als ich widerstrebend aufstand, stand auch er von dem Stuhl auf, in den er sich geworfen hatte, und hielt mich mit einer Geste auf. Ich hatte schreckliche Angst, dass er etwas Hartes zu mir sagen würde, aber seine Stimme drückte nur eine Art amüsiertes Mitleid aus.

„'Das Geld, war es, Signorina?' er sagte. „Junge und schöne Menschen sollten keine Söldner sein." Armes Kind! Du hättest mir besser zur Seite stehen sollen.'

„Ich antwortete ihm nichts, sondern ging mit dem Oberst hinaus, ließ ihn wieder auf seinem Stuhl sitzen und musterte mit offensichtlicher Belustigung die beiden bedrohlichen Wachen, die an der Tür standen. Der Oberst eilte mich aus dem Haus und sagte:

„„Wir müssen zur Kaserne reiten. Wenn die Nachrichten vor uns eintreffen, kann es zu heftigen Auseinandersetzungen kommen. Du gehst nach Hause. „Ihre Arbeit ist erledigt."

„ Also stiegen sie auf, ritten davon und ließen mich auf der Straße zurück. Es gab keine Anzeichen eines Kampfes, außer der Tür, die lose in den Angeln hing, und ein oder zwei Tropfen Blut auf den Stufen, wo sie den armen Johnny Carr erschossen hatten . Ich ging direkt nach Hause, und was in den nächsten Stunden im Goldenen Haus geschah, weiß ich nicht, und da ich weiß, wie ich den Präsidenten verlassen habe, kann ich es nicht erklären. Ich ging nach Hause und weinte, bis ich dachte, mein Herz würde brechen."

Bisher die Signorina. Ich muss darum bitten, besondere Aufmerksamkeit auf die Schlusszeilen ihrer Erzählung zu lenken. Aber bevor ich das sehr überraschende Ereignis erzähle, auf das sie sich bezieht, müssen wir zu den Kasernen zurückkehren, wo sich die Lage, wie man sich erinnern wird, in einem ziemlich kritischen Zustand befand. Als die Offiziere sahen, dass ihre Messe plötzlich mit bewaffneten Männern gefüllt war, und den alarmierenden Befehl des Obersten hörten, wurde ihre Aufmerksamkeit wirksam von mir abgelenkt. Sie drängten sich auf der einen Seite des Tisches zusammen und standen auf der anderen Seite dem Oberst und seinen Männern gegenüber. Unterstützt von den beiden Männern, die mir zu Hilfe geschickt wurden, nutzte ich die Gelegenheit, um mich durch sie hindurchzudrängen und mich an die Seite meines Anführers zu stellen. Nach einer kurzen Pause begann der Oberst:

„Das Letzte, was wir uns wünschen sollten, meine Herren", sagte er, „ist, auf Gewalt zurückzugreifen." Aber die Zeit für Erklärungen ist kurz. Die Menschen in Aureataland haben sich endlich gegen die Tyrannei erhoben, unter der sie so lange gelitten haben. General Whittingham hat sich als Verräter der Sache der Freiheit erwiesen; er gewann seine Position im Namen der Freiheit; er hat es benutzt, um die Freiheit zu zerstören. Die Stimme des Volkes hat erklärt, dass er sein hohes Amt verloren hat. Das Volk hat das Schwert der Rache in meine Hand gelegt. Mit dieser mächtigen Sanktion bewaffnet, habe ich mich an die Armee gewandt. Die Armee ist ihren Traditionen treu geblieben – ihrem Charakter als Beschützer und nicht als Unterdrücker des Volkes. Meine Herren, werden Sie, der Sie die Armee anführen, Ihren gebührenden Platz einnehmen?"

Auf diesen bewegenden Appell gab es keine Antwort. Er trat näher an sie heran und fuhr fort:

„Es gibt keinen Mittelweg. Sie sind Patrioten oder Verräter – Freunde der Freiheit oder Freunde der Tyrannei. Ich stehe hier, um Ihnen entweder den Tod eines Verräters oder, wenn Sie so wollen, Leben, Ehre und die Befriedigung all Ihrer berechtigten Ansprüche anzubieten. Misstrauen Sie den Menschen? Als ihr Vertreter biete ich Ihnen hier alles an, was das Volk Ihnen schuldet – Schulden, die ohne die Gier dieses großen Verräters längst beglichen worden wären."

Als er dies sagte , nahm er seinen Männern einige Geldsäcke ab und warf sie mit lautem Klirren auf den Tisch. Major DeChair warf einen Blick auf die Taschen, warf einen Blick auf seine Kameraden und sagte:

„Gott bewahre, dass wir in der Sache der Freiheit im Rückstand sind. Nieder mit dem Tyrannen!"

Und das ganze Rudel jaulte im Chor!

„Dann, meine Herren, an die Spitze Ihrer Männer", sagte der Oberst, ging zum Fenster und rief der Menge zu:

„Männer, eure edlen Offiziere sind bei uns."

Ein Jubel antwortete ihm. Ich wischte mir die Stirn ab und sagte mir: „Das ist längst vorbei."

Ich werde den Leser nicht mit unserem weiteren Vorgehen ermüden. Es genügt zu sagen, dass wir unseren Gastgeber versammelten und zur Piazza hinuntermarschierten. Die Nachricht hatte sich inzwischen herumgesprochen, und im schwachen Morgenlicht sahen wir den Platz voller Menschen – Männer, Frauen und Kinder. Als wir einmarschierten, gab es einen Jubel, nicht sehr herzlich – einen versöhnenden Jubel, denn sie wussten nicht, was wir tun wollten. Der Oberst hielt ihnen eine kurze Ansprache, in der er Frieden, Sicherheit, Freiheit, Überfluss und alle Güter des Himmels versprach. Mit ein paar strengen Worten warnte er sie vor „Verrat" und kündigte an, dass jeder Aufstand gegen die Provisorische Regierung schnell bestraft werden würde. Dann stellte er seine Armee in Kompanien auf, um Wache zu halten, bis alles ruhig war. Und schließlich sagte er:

„Jetzt, Martin, komm zurück zum Goldenen Haus und lass uns diesen Kerl an einen sicheren Ort bringen."

„Ja", sagte ich; „Und schauen Sie nach dem Geld." Denn in der Aufregung schien es tatsächlich so, als bestünde die Gefahr, dass das Wichtigste von allen vergessen würde.

Die Morgendämmerung war inzwischen schon weit fortgeschritten, und als wir die Piazza verließen, konnten wir das Goldene Haus am anderen Ende der Allee sehen. Alles schien ruhig zu sein, und die Wachen gingen sanft auf und ab . Als wir näher kamen, sahen wir zwei oder drei Diener des Präsidenten, die mit ihren gewöhnlichen Aufgaben beschäftigt waren. Eine Frau war bereits dabei, Johnny Carrs Lebensnerv mit einem Mopp und einem Eimer Wasser zu löschen; und ein Zimmermann war damit beschäftigt, die Haustür zu reparieren. Daneben stand der Wagen des Arztes.

„Kommen Sie wohl zu Carr ", sagte ich. „Wir überließen unsere Pferde der Obhut der Männer, die bei uns waren, und betraten das Haus." Gleich drinnen trafen wir den Arzt persönlich. Er war ein kluger kleiner Kerl namens Anderson, allgemein beliebt und obwohl er ein persönlicher Freund des Präsidenten war, identifizierte er sich offen mit keiner der politischen Parteien.

„Ich habe eine Bitte an Sie zu richten, Sir", sagte er zu McGregor, „bezüglich Mr. Carr ."

„Nun, ist er tot?" sagte der Oberst. „Wenn ja, dann hat er es nur sich selbst zu verdanken."

Der Arzt lehnte es klugerweise ab, diese Frage zu diskutieren und beschränkte sich auf die Feststellung, dass Johnny nicht tot sei. Im Gegenteil, es ging ihm gut.

„Aber", fuhr er fort, „Ruhe ist wichtig, und ich möchte ihn zu mir nach Hause bringen, ohne den Lärm zu machen." Zweifellos ist es hier jetzt ziemlich ruhig, aber …"

Der Oberst unterbrach:

Bewährung geben, um nicht zu entkommen?"

„Mein lieber Herr", sagte der Arzt, „der Mann konnte sich nicht bewegen, um sein Leben zu retten – und er schläft jetzt."

„Sie müssen ihn wecken, um ihn zu bewegen, nehme ich an", sagte der Oberst. „Aber du darfst ihn mitnehmen. Sag mir Bescheid, wenn es ihm gut genug geht, um mich zu sehen. In der Zwischenzeit mache ich Sie für sein gutes Benehmen verantwortlich."

„Sicherlich", sagte der Arzt. „Ich bin zufrieden damit, für Mr. Carr verantwortlich zu sein ."

"In Ordnung; nimm ihn und verschwinde. Nun zu Whittingham!"

„Müssen wir nicht zuerst das Geld besorgen?" sagte ich. „Verdammtes Geld!" er antwortete. „Aber ich sag dir was – ich muss etwas essen. Ich habe zwölf Stunden lang nichts geschmeckt."

Einer der Diener hörte ihn und sagte:

„Das Frühstück kann gleich serviert werden, Sir." Und er führte uns in den großen Speisesaal, wo wir bald ein ausgezeichnetes Essen hatten.

Als wir das meiste hinter uns hatten, brach ich das Schweigen, indem ich fragte:

„Was wirst du mit ihm machen?"

„Ich möchte ihn erschießen", sagte der Oberst.

„Unter welchem Vorwurf?"

„Verrat", antwortete er.

Ich lächelte.

„Das würde wohl kaum reichen, oder?"

„Na dann, Veruntreuung öffentlicher Gelder."

Wir unterhielten uns ein wenig über das Schicksal des Präsidenten und ich versuchte, den Oberst zu milderen Maßnahmen zu überreden. Tatsächlich war ich entschlossen, einen solchen Mord zu verhindern, ohne mich selbst zu ruinieren.

„Nun, wir werden darüber nachdenken, wenn wir ihn gesehen haben", sagte der Oberst, stand auf und zündete sich eine Zigarette an. "Von Jove! wir haben eine Stunde mit dem Frühstück verschwendet – es ist sieben Uhr."

Ich folgte ihm den Gang entlang und wir betraten das kleine Zimmer, in dem wir den Präsidenten zurückgelassen hatten. Die Wachposten waren immer noch da, jeder saß in einem Sessel. Sie schliefen nicht, sahen aber etwas schläfrig aus.

"In Ordnung?" sagte der Oberst.

„Ja, Exzellenz", sagte einer von ihnen. „Er liegt da drin im Bett."

Er ging in den Innenraum und begann, die Fensterläden zu öffnen, um die frühe Sonne hereinzulassen.

Wir gingen durch die halb geöffnete Tür und sahen eine friedliche Gestalt im Bett liegen, aus der ein leises Schnarchen erklang.

„Er hat gute Nerven, nicht wahr?" sagte der Oberst.

"Ja; aber was für ein seltsamer Schlummertrunk!" Ich sagte, denn der Kopf des Präsidenten war in weißes Leinen gehüllt.

Der Oberst schritt schnell zum Bett.

„Fertig, zum Teufel!" er weinte. „Es ist Johnny Carr !"

Es war wahr; da lag Johnny. Seine Exzellenz war nirgends zu sehen.

Der Colonel schüttelte Johnny grob am Arm. Dieser öffnete die Augen und sagte schläfrig:

„Bleib da. Bitte denken Sie daran, dass ich ein wenig zerbrechlich bin."

„Was ist das für eine höllische Verschwörung? Wo ist Whittingham?"

„Ah, es sind McGregor", sagte Johnny mit einem milden Lächeln, „und Martin. Wie geht es dir, alter Kerl? Irgendein Biest hat mich auf den Kopf geschlagen."

„Wo ist Whittingham?" wiederholte der Oberst und schüttelte heftig Johnnys Arm.

"Sanft!" sagte ich; „Schließlich ist er ein kranker Mann."

Der Oberst ließ den Arm mit einem gemurmelten Fluch sinken, und Johnny sagte süß:

„Hat aufgehört, nicht wahr, Colonel?"

Der Oberst wandte sich von ihm ab und sagte streng zu seinen Männern:

„Waren Sie daran beteiligt?"

Sie protestierten vehement, dass sie ebenso erstaunt seien wie wir; und so waren sie auch, es sei denn, sie handelten vollendet. Sie bestritten, dass irgendjemand den äußeren Raum betreten hatte oder dass irgendein Geräusch aus dem Inneren gekommen war. Sie schworen, sie hätten wachsam Wache gehalten und müssten einen Eindringling gesehen haben. Die beiden Männer darin waren die persönlichen Diener des Obersts, und er glaubte an ihre Ehrlichkeit; aber was ist mit ihrer Wachsamkeit?

Carr hörte, wie er sie streng befragte, worauf er sagte:

„Diese Kerle tragen keine Schuld, Colonel. Ich bin nicht so gekommen. Wenn Sie einen Blick hinter das Bett werfen, sehen Sie eine weitere Tür. Sie haben mich da reingebracht. Ich war ziemlich seltsam und nur die Hälfte wusste, was los war."

Wir schauten und sahen eine Tür, wo er sagte. Wir schoben das Bett beiseite, öffneten es und befanden uns auf der Hintertreppe des Anwesens. Offensichtlich hatte der Präsident diese Tür geräuschlos geöffnet und war ausgestiegen. Aber wie war Carr ohne Lärm hineingekommen?

Der Posten kam herbei und sagte:

„Alle fünf Minuten, Sir, sah ich ihn auf dem Bett liegen. Die erste Stunde lag er in seiner Kleidung. Beim nächsten Blick war er unbekleidet. Es fiel mir auf, dass er sich ziemlich schnell und ruhig verhalten hatte, aber mehr dachte ich nicht."

„Verlassen Sie sich darauf, der bekleidete Mann war der Präsident, der unbekleidete Carr ! Wann war das?"

„Ungefähr halb zwei, Sir; kurz nachdem der Arzt kam."

"Der Doktor!" wir weinten.

"Jawohl; Dr. Anderson."

„Du hast mir nie erzählt, dass er hier war."

„Er ist nie in das Zimmer des Präsidenten gegangen – in das Zimmer von General Whittingham, Sir; aber er kam für fünf Minuten hierher, um etwas Brandy zu holen, und blieb eine Zeit lang stehen und unterhielt sich mit uns. Eine halbe Stunde, nachdem er hereingekommen war, um noch etwas zu trinken."

Wir begannen zu sehen, wie es gemacht wurde. Dieser elende kleine Arzt war in der Verschwörung verwickelt. Irgendwie hatte er mit dem Präsidenten kommuniziert; wahrscheinlich wusste er von der Tür. Dann bildete ich mir ein, dass sie etwas auf diese Weise bewirkt haben mussten. Der Arzt kommt herein, um die Wachen abzulenken, während Seine Exzellenz das Bett bewegt. Als er feststellte, dass sie alle fünf Minuten einen Blick darauf warfen, teilte er dem Präsidenten mit. Dann ging er los und machte Johnny Carr fertig. Als er zurückkommt, nimmt er den Platz des Präsidenten auf dem Bett ein und wird in dieser Rolle einer Inspektion unterzogen. Kaum ist das vorbei, springt er auf und geht hinaus. Zusammen bringen sie Carr herein , legen ihn ins Bett und schlüpfen durch den schmalen Spalt der offenen Tür hinter dem Bettgestell hinaus. Als alles erledigt war, war der Arzt zurückgekommen, um zu sehen, ob irgendein Verdacht geweckt worden war.

"Ich habe es jetzt!" rief der Oberst. „Dieser höllische Arzt hat uns beide erledigt. Er konnte Whittingham nicht ohne Erlaubnis aus dem Haus holen, also hat er ihn als Carr mitgenommen ! Hat mich betrogen, meinen Urlaub zu erteilen. Ah, passen Sie auf, wenn wir uns treffen, Herr Doktor!"

Wir stürmten aus dem Haus und stellten fest, dass diese Vermutung wahr war. Der Mann, der angeblich Carr war, war, in Decken gehüllt, hinausgetragen worden, gerade als wir uns zum Frühstück setzten; der Arzt hatte ihn in den Wagen gesetzt, folgte ihm selbst und fuhr schnell davon.

„In welche Richtung sind sie gegangen?"

„Richtung Hafen, Sir", antwortete der Wachposten.

Der Hafen war in zwanzig Minuten mit der Schnellfahrt zu erreichen. Wortlos sprang der Oberst auf sein Pferd; Ich ahmte es nach und wir galoppierten so schnell wir konnten, wobei jeder unserem wütenden Angriff Platz machte. Ach! wir waren zu spät. Als wir am Kai die Zügel anzogen, sahen wir, eine halbe Meile draußen auf dem Meer und vor einer steifen Brise segelnd, Johnny Carrs kleine Yacht, an deren Masttopp die Aureataland-Flagge trotzig wehte.

Wir starrten es ausdruckslos an, ohne ein Wort zu sagen, und drehten die Köpfe unserer Pferde. Unsere Aufmerksamkeit erregte eine kleine Gruppe Männer, die um den Sturmsignalposten herumstanden. Als wir hinauffuhren, zerstreuten sie sich hastig, und wir sahen, dass an der Post ein Blatt Briefpapier befestigt war. Daraufhin wurde in bekannter Hand geschrieben:

„Ich, Marcus W. Whittingham, Präsident

der Republik Aureataland ,

Bieten Sie hiermit eine BELOHNUNG von FÜNFTAUSEND an

DOLLAR und eine KOSTENLOSE VERDAMMUNG

jede Person oder Personen, die dabei helfen

Gefangennahme, lebendig oder tot, von GEORGE

MCGREGOR (verstorbener Oberst im Aureataland

Armee) und JOHN MARTIN, Bank

Manager, und ich verkünde das weiter

sagten George McGregor und John Martin

Verräter und Rebellen gegen die sein

Republik, und sprechen ihr Leben aus

verwirkt. Welcher Satz lässt jeden

loyaler Bürger beobachtet auf eigene Gefahr.

„MARCUS W. WHITTINGHAM,

"Präsident."

Das war wirklich angenehm!

KAPITEL XI.
DIE BEUTE AUFTEILEN.

Die Gewohnheit des Lesens hat sich, wie uns gesagt wird, in alle Schichten der Gesellschaft durchgesetzt, und ich bin nicht ohne Hoffnung, dass einige, die diese Chronik lesen, aus persönlicher Erfahrung die Gefühle eines Mannes verstehen können, wenn er zum ersten Mal eine findet Belohnung für seine Besorgnis angeboten. Es ist wahr, dass unsere Polizei nicht die Angewohnheit hat, die nackte Brutalität des Präsidenten nachzuahmen, indem sie ausdrücklich „Lebend oder tot" hinzufügt, aber mir wurde mitgeteilt, dass das Gesetz im Bedarfsfall den Dienern der Justiz die Alternative offen lässt. Ich schäme mich nicht zuzugeben, dass meine Stimmung durch den parthischen Schuss Seiner Exzellenz ziemlich erschüttert wurde, und ich konnte sehen, dass der Oberst selbst nicht weniger beunruhigt war. Die Flucht von *Fleance* schien *Macbeth* seine gesamte Position unsicher zu machen, und niemand, der General Whittingham kannte, wird daran zweifeln, dass er ein gefährlicherer Gegner als *Fleance war*. Tatsächlich hatten wir beide das Gefühl, dass die Revolution noch nicht als sicher abgeschlossen angesehen werden konnte, als wir sahen, wie das weiße Segel der *Sängerin* unseren Feind aus unserer Reichweite trug. Aber die Ungewissheit unserer Macht hat unsere Kräfte nicht gelähmt; im Gegenteil, wir beschlossen, Heu zu machen, während die Sonne schien, und wenn Aureataland dazu verdammt sein sollte, noch einmal der Tyrannei zu erliegen, war ich für meinen Teil sehr klar, dass ihre vorübergehende Emanzipation von Nutzen sein könnte.

Als wir also wieder im Goldenen Haus ankamen, verloren wir keine Zeit und leiteten eine gründliche Untersuchung der Lage der öffentlichen Finanzen ein. Wir haben das Haus von oben bis unten durchsucht und nichts gefunden! War es möglich, dass der Präsident alle Schätze mitgenommen hatte, die unsere patriotischen Bemühungen inspiriert hatten? Der Gedanke war zu schrecklich. Die Schubladen seines Schreibtisches und der Safe in seiner Bibliothek verrieten unseren neugierigen Augen nichts. Eine Suchtrupp, die zum Finanzministerium geschickt wurde (wo sie übrigens weder Don Antonio noch seine schöne Tochter fanden), kehrte mit der entmutigenden Nachricht zurück, dass außer Geschäftsbüchern und Wechseln (keine handelbaren Wertpapiere – die andere Art) nichts zu sehen sei). In tiefer Niedergeschlagenheit warf ich mich in den Sessel Seiner Exzellenz und zündete mir eine seiner lobenswerten Zigarren an, mit dem traurigen Gedanken, dass dieses Vergnügen wohl das Einzige war, was ich von diesem Geschäft erwarten würde. Der Oberst stand deprimiert mit dem Rücken zum Kamin und sah mich an, als wäre ich für die Lage der Dinge verantwortlich.

An diesem Punkt kam die Signorina herein. Wir begrüßten sie düster, und sie war ebenso erschrocken wie wir über die Nachricht von der Flucht des Präsidenten; Gleichzeitig glaubte ich eine unterschwellige Erleichterung zu spüren, die nicht unnatürlich war, wenn wir uns an ihre persönlichen Beziehungen zum gestürzten Herrscher erinnern . Als wir ihr jedoch die Blöße des Landes zeigten, hielt sie uns sofort zurück.

„Oh, ihr dummen Männer! Du hast nicht an der richtigen Stelle gesucht. Ich nehme an, Sie haben damit gerechnet, dass es auf dem Esstisch für Sie bereitliegt. Komm mit mir."

Wir folgten ihr in den Raum, in dem Carr lag. Er war wach, und die Signorina ging zu ihm und fragte ihn, wie es ihm gehe. Dann fuhr sie fort:

„Wir müssen Sie für ein paar Minuten stören, Mr. Carr . Es macht dir doch nichts aus, oder?"

„Muss ich aufstehen?" fragte Johnny.

„Bestimmt nicht, solange ich hier bin", sagte die Signorina. „Du musst nur deine Augen schließen und still liegen; aber wir werden ein bisschen Lärm machen."

Im Zimmer befand sich erwartungsgemäß ein Waschtisch. Dieser Artikel entsprach der Beschreibung, die man oft sieht; Über dem Niveau des Standes selbst erhob sich ein zweieinhalb Fuß hoher Holzschirm, der mit hübschen Kacheln bedeckt war und vermutlich dazu diente, die Tapeten zu schützen. Ich habe noch nie ein unschuldiger aussehendes Möbelstück gesehen; es könnte im Ankleidezimmer einer Dame gestanden haben. Die Signorina ging darauf zu und *schob* es sanft zur Seite; es bewegte sich in einer Rille! Dann drückte sie auf eine Stelle in der Wand dahinter und ein kleines Stück davon rollte zur Seite und gab den Blick auf ein Schlüsselloch frei.

„Er hat natürlich den Schlüssel genommen", sagte sie. „Wir müssen es aufbrechen. Wer hat einen Hammer?"

Wir besorgten uns Werkzeuge, und unter den Anweisungen der Signorina legten wir nach viel Mühe einen hübschen kleinen Safe frei, der in die Wand eingelassen war. Auf der Außenseite dieses Safes war deutlich lesbar die Aufschrift „Einbrecherrätsel" zu lesen. Wir hatten jedoch keine Angst davor, Lärm zu machen, und es verwirrte uns nur zehn Minuten lang.

Beim Öffnen kam eine Golconda zum Vorschein! An Wertpapieren und Bargeld lagen nicht weniger als fünfhunderttausend Dollar!

Wir lächelten einander an.

„Eine traurige Offenbarung!" Ich bemerkte.

„Alter Fuchs!" sagte der Oberst.

Kein Wunder, dass sich die Hafenarbeiten in ihrer Anfangsphase nicht lohnten. Der Präsident muss sie in einem sehr frühen Stadium gehalten haben.

„Was habt ihr vor?" rief Carr .

„Randeinbruch, mein lieber Junge", antwortete ich und wir zogen uns mit unserer Beute zurück.

„Nun", sagte ich zum Oberst, „was werden Sie tun?"

„Warum, was denken Sie, Herr Martin?" warf die Signorina ein. „Er wird dir dein Geld geben und den Rest mit seiner aufrichtigen Freundin Christina Nugent teilen."

„Nun, das nehme ich an", sagte der Oberst. „Aber es scheint mir, dass du eine gute Sache daraus machst, Martin."

„Mein lieber Oberst", sagte ich, „ein Handel ist ein Handel; Und wo wärst du ohne mein Geld gewesen?"

Der Oberst gab keine Antwort, sondern reichte mir das Geld, das mir viel besser gefiel. Ich nahm die dreihundertzwanzigtausend Dollar und sagte:

„Jetzt kann ich mich der Welt stellen, ein ehrlicher Mann."

Die Signorina lachte.

„*Ich* bin froh", sagte sie, „hauptsächlich um des armen alten Jones willen." Es wird ihm eine Last vom Kopf nehmen."

Der Oberst teilte den Rest in zwei kleine Häufchen auf, von denen er einen der Signorina zuschob. Sie nahm es fröhlich und sagte:

„Jetzt werde ich die Hälfte meiner Anleihen verzinsen und mich darauf verlassen, dass die – wie nennt man das? – die Provisorische Regierung den Rest bezahlt. Erinnerst du dich an das Haus?"

„Das werde ich bald sehen", sagte der Oberst ungeduldig. „Ihr zwei scheint zu glauben, dass es nichts anderes zu tun gibt, als das Geld zu nehmen. Sie vergessen, dass wir unsere Position sichern müssen."

"Genau. „Die Regierung des Obersten muss weitergeführt werden", sagte ich. – Die Signorina verstand die Anspielung nicht. Sie gähnte und sagte:

„Oh, dann werde ich gehen. Verlassen Sie sich auf meine Loyalität, Exzellenz."

Sie machte ihm einen Gefallen und ging zur Tür. Als ich es für sie öffnete , flüsterte sie: „Schrecklicher alter Bär! Komm und besuche mich, Jack", und so verschwand sie und nahm ihre Dollars mit.

Ich kam zurück und setzte mich dem Oberst gegenüber.

„Ich frage mich, woher sie von dem Waschtisch wusste", bemerkte ich.

„Weil Whittingham dumm genug war, es ihr zu sagen, nehme ich an", sagte der Colonel gereizt, als gefiel ihm das Thema nicht.

Dann machten wir uns an die Arbeit. Diese anspruchslose Geschichte erhebt nicht den Anspruch, eine vollständige Geschichte von Aureataland zu sein , und ich werde meinen Lesern die Wiederholung unserer Diskussion ersparen. Wir kamen schließlich zu dem Schluss, dass die Angelegenheit aufgrund der Flucht des Präsidenten immer noch so kritisch sei, dass die gewöhnlichen Rechtsformen und die verfassungsmäßige Regierung vorübergehend außer Kraft gesetzt werden müssten. Die Kammer tagte nicht, was diesen Weg einfacher machte. Der Oberst sollte zum Präsidenten ernannt werden und für einige Wochen, während wir uns umsahen, die oberste Macht unter Kriegsrecht übernehmen. Man hielt es für besser, meinen Namen nicht offiziell zu nennen, aber ich stimmte zu, unter seiner Aufsicht alle Finanzangelegenheiten in die Hand zu nehmen.

„Wir können die Zinsen für die echten Schulden nicht zahlen", sagte er.

„Nein", antwortete ich; „Sie müssen eine Mitteilung herausgeben, in der Sie darlegen, dass die Zahlungen aufgrund der Missbräuche von General Whittingham vorübergehend ausgesetzt werden müssen. Versprich mir, dass später alles gut wird."

„Sehr gut", sagte er; „Und jetzt werde ich gehen und diese Offiziere aufsuchen. Ich muss sie bei Laune halten, und die Männer auch. Ich werde ihnen noch einmal zehntausend geben."

„Großzügiger Held!" sagte ich, „und ich werde gehen und dieses Geld meinen Arbeitgebern zurückgeben."

Es war zwölf Uhr, als ich das Goldene Haus verließ und ruhig zur Liberty Street hinunterschlenderte. Der größte Teil der Soldaten war abgezogen, aber einige Kompanien bewachten noch die *Piazza* . Die üblichen Beschäftigungen des Lebens gingen in einem wirren Aufruhr der Aufregung weiter, und ich erkannte an dem Interesse, das mein Erscheinen erweckte, dass zumindest ein Teil meines Anteils an den Vorgängen der Nacht durchgesickert war. Die *Gazette* hatte eine Sonderausgabe herausgegeben, in der sie die Ankunft der Freiheit begrüßte und McGregor zwar in höchsten Tönen lobte, aber auch eine herzliche Belobigung für den „edlen Engländer aussprach, der mit einer angeborenen Freiheitsliebe die Last auf sich

genommen hatte." von Aureataland in ihrer schweren Stunde." Die
Metapher erschien mir unangemessen, aber das Gefühl war äußerst gesund;
und als ich schließlich zwei Polizeibeamte auf dem Kopf eines betrunkenen
Mannes sitzen sah, der auf das gefallene *Regime anstieß* , konnte ich mir, als
ich in die Bank einbog, sagen: „In Warschau herrscht Ordnung."

Die allgemeine Zustimmung hatte an diesem glückverheißenden Tag eine
Aussetzung des Handels verkündet, und ich fand Jones untätig und unruhig
da. Ich erklärte ihm den Stand der Dinge und zeigte, wie der unehrenhafte
Plan des Präsidenten mich im Interesse der Bank gezwungen hatte, mehr
oder weniger aktiv an der Revolution teilzunehmen. Es war erbärmlich zu
hören, wie er die Schurkerei des Mannes beklagte, dem er vertraut hatte, und
als ich das Geld vorlegte, segnete er mich inbrünstig und schlug sofort vor,
den Direktoren einen ausführlichen Bericht über die Angelegenheit zu
schreiben.

„Sie werden Ihnen bestimmt ein Honorar gewähren, Sir", sagte er.

„Ich weiß es nicht, Jones", antwortete ich. „Ich befürchte, dass es im
Hauptquartier gewisse Vorurteile gegen mich gibt. Ich habe mir aber auf
jeden Fall vorgenommen, auf den persönlichen Vorteil zu verzichten , der
mir aus meinem Verhalten entstehen könnte. Präsident McGregor hat mir
gegenüber nachdrücklich dargelegt, dass die Pläne von General
Whittingham, wenn sie öffentlich bekannt würden, den Kredit von
Aureataland , wie ungerecht auch immer, beeinträchtigen würden , und er
appellierte an mich, der Welt keine Einzelheiten preiszugeben. In
Angelegenheiten wie diesen, Jones, können wir uns nicht allein von
egoistischen Überlegungen leiten lassen."

„Gott bewahre es, Sir!" sagte Jones, sehr bewegt.

„Ich habe daher zugestimmt, mich auf eine vertrauliche Kommunikation
mit den Direktoren zu beschränken; Sie müssen beurteilen, inwieweit sie es
an die Aktionäre weitergeben. Vor der ganzen Welt werde ich nichts über die
zweite Anleihe sagen; und ich weiß, dass Sie mir einen Gefallen tun werden,
indem Sie dieses Geld als Ergebnis von Erkenntnissen im Rahmen des
normalen Geschäftsverlaufs behandeln. Die jüngsten Unruhen werden
durchaus dafür verantwortlich sein, dass eine so große Summe eingefordert
wird."

„Ich weiß nicht ganz, wie ich das arrangieren kann."

„Ah, du bist übertrieben", sagte ich. „Überlass das alles mir, Jones."

Und dazu habe ich ihn überredet. Tatsächlich war er so erleichtert, das
Geld zurück zu sehen, dass es einfach war, mit ihm umzugehen; und wenn
er irgendetwas vermutete, war er von meiner gegenwärtigen erhabenen

Stellung überwältigt. Er schien zu vergessen, was ich nicht konnte: dass der Präsident zweifellos immer noch dieses tödliche Telegramm besaß!

Nach dem Mittagessen erinnerte ich mich an meine Verlobung mit der Signorina, und als ich gerade meinen Hut aufsetzte, verabschiedete ich mich vom Geschäft, als Jones sagte:

„Ich habe gerade eine Nachricht für Sie erhalten, Sir. Ein kleiner Junge hat es mitgebracht, als du beim Mittagessen unterwegs warst."

Er gab es mir – einen kleinen schmutzigen Umschlag mit Analphabetengekritzel. Ich öffnete es unvorsichtig, aber als mein Blick auf die Hand des Präsidenten fiel, zuckte ich vor Erstaunen zusammen. Die Notiz trug das Datum „Samstag – Von Bord *der Songstress* " und lautete wie folgt:

„Sehr geehrter Herr Martin, ich muss gestehen

dass du deinen Mut unterschätzt hast

und Fähigkeiten. Wenn Sie Lust haben, sie zu platzieren

die mir jetzt zur Verfügung stehen, ich werde sie annehmen.

Im anderen Fall muss ich Sie verweisen

meine öffentliche Ankündigung. In jedem Fall

Es kann für Sie nützlich sein, das zu wissen

McGregor plant, Signorina zu heiraten

Nugent. Ich befürchte, dass ich es zurückkomme

wird kaum mit meinem Publikum übereinstimmen

Pflichten, Ihr Leben zu schonen (es sei denn, Sie

Ich nehme mein jetziges Angebot an), aber ich werde es tun

Schauen Sie immer auf Ihre Bekanntschaft zurück

mit Vergnügen. Das habe ich, wenn Sie erlauben

Ich muss das so sagen, ich habe selten einen jungen Mann getroffen

mit solch natürlichen Begabungen für Finanzen und

Politik. Ich werde fünf Meilen vor Anker gehen

von Whittingham heute Abend (denn ich weiß

du hast keine Schiffe), und wenn du dich mir anschließt,

schön und gut. Wenn nicht, werde ich darüber nachdenken

Ihre Entscheidung ist unwiderruflich.

„Glauben Sie mir, lieber Herr Martin, treu

dein,

„MARCUS W. WHITTINGHAM,

„Präsident der Republik Aureataland ."

Es ist eine angenehme Sache, wie gesagt wurde, *laudari a laudato viro* , und das Lob des Präsidenten war mir dankbar. Aber ich sah keinen Weg, mich seinen Ansichten anzuschließen. Er sagte nichts über das Geld, aber ich wusste genau, dass seine Rückgabe eine Bedingung für jedes Bündnis zwischen uns sein würde. Auch hier war ich mir sicher, dass er auch „die Signorina heiraten wollte", und wenn ich unbedingt einen Rivalen an Ort und Stelle haben musste, bevorzugte ich McGregor in dieser Eigenschaft. Abschließend dachte ich, dass es doch Anstand gibt und ich besser bei meiner Partei bleiben sollte. Ich erzählte McGregor jedoch nichts von dem Brief, sondern schickte ihm lediglich eine Nachricht, um ihm mitzuteilen, dass ich gehört hatte, dass *die Sängerin* ein paar Meilen entfernt schwebte und er besser aufpassen sollte.

Nachdem dies erledigt war, setzte ich meinen unterbrochenen Weg zur Signorina fort. Als ich hereingeführt wurde, begrüßte sie mich freundlich.

„Ich habe einen Brief vom Präsidenten erhalten", sagte ich.

„Ja", sagte sie, „er hat mir gesagt, dass er dir geschrieben hat."

„Warum, hast du von ihm gehört?"

„Ja, nur eine kleine Notiz. Er ist ziemlich sauer auf mich."

„Das kann ich durchaus verstehen. Möchten Sie meinen Brief sehen?"

„Oh ja", antwortete sie nachlässig.

Sie las es durch und fragte:

„Nun, gehst du zu ihm – willst du mich verlassen?"

„Wie kannst du mich fragen? Willst du mir nicht deinen Brief zeigen, Christina?"

„Nein, John", antwortete sie und ahmte meine leidenschaftliche Stimme nach. „Ich mag die Ersparnisse des Präsidenten stehlen, aber ich respektiere sein Vertrauen."

„Siehst du, was er zu mir über McGregor sagt."

„Ja", sagte die Signorina. „Das ist, wissen Sie, keine Neuigkeit für mich. Aber interessanterweise war der Oberst gerade selbst hier und hat mir dasselbe erzählt. Der Colonel hat keine nette Art, Liebe zu machen, Jack – bei weitem nicht so nett wie deine."

So ermutigt ging ich hin und setzte mich zu ihr. Ich glaube, ich habe ihre Hand genommen.

„Du liebst ihn nicht?"

„Überhaupt nicht", antwortete sie.

Ich muss um Entschuldigung bitten, die genauen Bedingungen aufzuzeichnen, in denen ich der Signorina meine Hand und mein Herz zur Verfügung gestellt habe. Ich war äußerst vehement und höchst absurd, aber sie schien nicht unzufrieden zu sein.

„Ich mag dich sehr, Jack", sagte sie, „und es ist sehr süß von dir, dass du eine Revolution für mich gemacht hast." Es war für mich, Jack?"

„ Natürlich war es das, mein Schatz", antwortete ich prompt.

„Aber weißt du, Jack, ich sehe nicht, dass es uns viel besser geht. Tatsächlich ist es in gewisser Weise noch schlimmer. Der Präsident ließ nicht zu, dass mich jemand anderes heiratet, aber er war nicht so energisch wie der Colonel. Der Oberst erklärt, dass er mich heute in der Woche heiraten wird!"

„Das werden wir sehen", sagte ich wütend.

„Noch eine Revolution, Jack?" fragte die Signorina.

„Du brauchst mich nicht auszulachen", sagte ich schmollend.

"Armer Junge! Was sollen wir idyllischen Liebhaber tun?"

„Ich glaube nicht, dass du es ernst meinst."

„Ja, das bin ich, Jack – jetzt." Dann fuhr sie mit einer Art spielerischem Mitleid fort: „Sehen Sie sich meinen wilden, eifersüchtigen, gebrochenen Jack an."

Ich nahm sie in meine Arme, küsste sie und flüsterte heiß:

„Du wirst mir treu bleiben, Süße?"

„Lass mich gehen", sagte sie. Dann beugte ich mich über mich, während ich mich in einen Stuhl zurückwarf: „Es ist angenehm, solange es anhält; Versuchen Sie, nicht untröstlich zu sein, wenn es nicht von Dauer ist."

„Wenn du mich liebst, warum kommst du dann nicht mit mir aus diesem Abgrund der Ungerechtigkeit heraus?"

„Mit dir weglaufen?" fragte sie mit offenem Erstaunen. „Glauben Sie, dass wir der richtige Typ für ein romantisches Elopement sind? Ich bin sehr erdig. Und du bist es auch, Jack, mein Lieber – schöne Erde, aber Erde, Jack."

In dieser Bemerkung steckte eine Menge Wahrheit. Wir waren kein ideales Paar für die Liebe in einem Cottage.

„Ja", sagte ich. „Ich habe kein Geld."

„Ich habe ein wenig Geld, aber nicht viel. Ich habe Schulden beglichen", fügte sie stolz hinzu.

„Das habe ich noch nicht einmal gemacht. Und ich bin nicht ganz in der Lage, diese dreihunderttausend Dollar zu stehlen ."

„Wir müssen warten, Jack. Aber das verspreche ich. Ich werde den Colonel nie heiraten. Wenn es dazu kommt oder wir weglaufen, laufen wir weg."

„Und Whittingham?"

Die Signorina sah ausnahmsweise ernst aus.

„Du kennst ihn", sagte sie. „Überlegen Sie, wozu er Sie gezwungen hat! Und du bist kein schwacher Mann, sonst würde ich dich nicht mögen. Jack, du musst ihn von mir fernhalten."

Sie war ziemlich aufgeregt; und es war eine weitere Hommage an die Macht des Präsidenten, dass er einen so seltsamen Einfluss auf eine solche Natur ausübte. Ich wollte sie unbedingt mehr über sich selbst und den Präsidenten fragen, konnte es aber nicht, da sie verzweifelt war. Und als ich sie getröstet hatte, lehnte sie es entschieden ab, auf das Thema zurückzukommen.

„Nein, geh jetzt weg", sagte sie. „Überlegen Sie, wie wir unsere beiden Präsidenten schachmatt setzen sollen. Und, Jack! Was auch immer passiert, ich habe dir das Geld zurückbekommen. Ich habe dir etwas Gutes getan. Also sei nett zu mir. Ich habe keine große Angst davor, dass dir das Herz bricht. Eigentlich, Jack, sind wir beide keine guten jungen Leute. Nein, nein; sei still und geh weg. Sie haben viele nützliche Dinge, mit denen Sie Ihre Zeit verbringen können."

Schließlich akzeptierte ich meine Entlassung und ging weg, wobei meine Freude durch die missliche Lage, in der wir uns befanden, erheblich beeinträchtigt wurde . McGregor meinte es eindeutig ernst; und in diesem Moment war McGregor allmächtig. Wenn er die Zügel behalten würde, würde ich meine Liebe verlieren. Wenn der Präsident zurückkäme, drohte noch ein schlimmeres Schicksal. Angenommen, es wäre möglich, die Signorina zu entführen, was ich sehr bezweifelte, wohin sollten wir dann gehen? Und würde sie kommen?

Im Großen und Ganzen glaubte ich nicht, dass sie kommen würde.

KAPITEL XII.
ZWISCHEN ZWEI BRÄNDEN.

Trotz vieler Ängste genoss ich nach diesem ereignisreichen Tag die erste ordentliche Nachtruhe seit einer Woche. Der Oberst lehnte mit einem unnötigen Anflug von Verachtung mein patriotisches Angebot ab, die Stadt zu bewachen und zu bewachen, und ich kehrte müde um elf Uhr nach einem leichten Abendessen und einer meditativen Pfeife zurück. Ich hatte das Gefühl, dass ich Grund zur Selbstbeweihräucherung hatte; Denn so groß meine gegenwärtigen Schwierigkeiten auch waren, so befand ich mich doch zweifellos in einer hoffnungsvolleren Lage als vor der Revolution. Ich war nun entschlossen, mein Geld sicher außer Landes zu bringen, und ich hatte die Hoffnung, McGregor in der anderen Angelegenheit, die meine Gedanken teilte, zu sehr zu überfordern.

Die Rückkehr des Tages brachte jedoch neue Probleme mit sich. Ich wurde zu früher Stunde durch den Besuch des Obersten selbst geweckt. Er brachte sehr beunruhigende Nachrichten. Im Laufe der Nacht war jede einzelne unserer Proklamationen abgerissen oder mit anzüglichem Gekritzel unkenntlich gemacht worden; Über oder neben ihnen hingen nun zahlreiche vergrößerte Kopien der Offensivmitteilung des Präsidenten. Wie und von wem diese aufrührerischen Maßnahmen durchgeführt wurden , konnten wir nicht sagen, denn die Offiziere und Truppen bekundeten lautstark ihre Wachsamkeit. Mitten auf der Piazza, am Sockel der Präsidentenstatue, war ein riesiger Zettel angebracht: „ERINNERN SIE SICH AN 1871! TOD den VERRÄTERN!“

„Wie könnten sie das tun, wenn nicht die Soldaten darin wären?“ fragte der Oberst düster. „Ich habe diese beiden Kompanien in die Kaserne zurückgeschickt und noch ein weiteres Los ausrücken lassen. Aber woher weiß ich, dass es ihnen besser geht? Ich habe gerade DeChair getroffen und ihn gefragt, wie die Stimmung der Truppen sei. Das kleine Tier grinste und sagte: „Ah, Mann.“ Herr Präsident , es wäre besser, wenn die guten Soldaten ein bisschen mehr Geld hätten.“‘

„Das ist es“, sagte ich; „Aber dann hast du nicht mehr viel Geld.“

„Ich werde mich an das halten, was ich habe“, sagte der Oberst. „Wenn dieses Ding platzt, werde ich nicht rausgeschmissen und verhungert. Ich sage dir, was es ist, Martin, du musst mir wieder etwas von dem Geld zurückgeben.“

Die Unverschämtheit dieser Bitte erstaunte mich. Ich war gerade dabei, das zweite Bein meiner Hose anzuziehen (denn es war unmöglich, mich im

Bett wohl zu fühlen, während dieses große Wesen herumtobte), dann blieb ich mit einem Bein in der Luft stehen und starrte ihn an.

„Nun, was ist los? Warum tanzt du mit all der Beute aus?" er hat gefragt.

Der Mangel dieses Mannes an gewöhnlicher Moral war zu empörend. Wusste er nicht genau, dass das Geld nicht mir gehörte? Hat er nicht selbst meine Hilfe zu den ausdrücklichen Bedingungen erhalten, dass ich dieses Geld zur Rückzahlung an die Bank haben sollte? Ich war mit dem Anziehen meiner Kleidung fertig und antwortete dann:

„Kein Heller, Oberst; kein verdammter Heller! Gemäß unserer Vereinbarung sollte das Bargeld mir gehören; sonst hätte ich Ihre Revolution nicht mit einer Zange angefasst."

Er sah sehr wild aus und murmelte etwas vor sich hin.

„Du trägst Dinge mit hoher Hand", sagte er.

„Ich werde nicht stehlen, um dir zu gefallen", sagte ich. „Du warst nicht immer so gewissenhaft", höhnte er.

Ich nahm diese Beleidigung nicht zur Kenntnis, sondern wiederholte meine Entschlossenheit.

„Schau her, Martin", sagte er, „ich gebe dir vierundzwanzig Stunden Bedenkzeit; und ich rate Ihnen, bis dahin Ihre Meinung zu ändern. Ich möchte nicht streiten, aber ich werde einen Teil des Geldes haben."

Offensichtlich hatte er in der Schule seines Vorgängers Staatskunst gelernt! „Vierundzwanzig Stunden sind etwas", dachte ich und beschloss, die List der Schlange auszuprobieren.

„In Ordnung, Oberst", sagte ich, „ich werde darüber nachdenken. Ich gebe nicht vor, es zu mögen; Aber schließlich gehöre ich zu Ihnen und wir müssen an einem Strang ziehen. Wir werden sehen, wie es morgen früh aussieht.

„Es gibt noch etwas anderes, worüber ich mit Ihnen sprechen wollte", fuhr er fort.

Ich war nun angezogen, also lud ich ihn in den Frühstücksraum ein, gab ihm eine Tasse Kaffee (den ich meiner Meinung nach nicht vergiftet hatte) und begann mit meinen eigenen Eiern und Toast.

„Feuer weg", sagte ich kurz.

„Ich nehme an, du weißt, dass ich heiraten werde?" bemerkte er.

„Nein, das hatte ich nicht gehört", antwortete ich und tat so, als wäre ich ganz mit einem sehr flinken Ei beschäftigt. „Eine ziemlich arbeitsreiche Zeit zum Heiraten, nicht wahr? Wer ist sie?"

Er lachte laut.

„Du brauchst nicht so zu tun, als wärst du so unschuldig; Ich gehe davon aus, dass Sie eine ziemlich gute Schätzung abgeben können."

„Mme. Devarges ?" Ich fragte höflich. „Passendes Spiel; etwa in deinem Alter –"

„Ich wünschte zum Teufel, du würdest nicht versuchen, lustig zu sein!" er rief aus. „Sie wissen genauso gut wie ich, dass es die Signorina ist."

"Wirklich?" Ich antwortete. "Gut gut! Ich hatte den Eindruck, dass Sie in diesem Viertel ein wenig berührt waren. Und sie hat zugestimmt, dich glücklich zu machen?"

Ich war gespannt, was er sagen würde. Ich wusste, dass er ein schlechter Lügner war, und tatsächlich glaube ich, dass er bei dieser Gelegenheit die Wahrheit gesagt hat, denn er antwortete:

„Sagt, sie hätte sich nie um jemand anderen gekümmert."

Oh, Signorina!

„Nicht einmal Whittingham?" Ich fragte böswillig.

„Haßt den alten Grobian!" sagte der Oberst. „Ich dachte einmal, sie hätte eine Vorliebe für dich, Martin, aber sie hat über den Gedanken gelacht. Ich bin froh darüber, denn wir hätten uns streiten sollen."

Ich lächelte etwas kränklich und flüchtete mich in meine Tasse. Als ich herauskam, fragte ich:

„Und wann soll es sein?"

"Nächsten Samstag."

"So früh?"

„Ja", sagte er. „Tatsache ist, zwischen dir und mir, Martin, sie ist bereit genug."

Das war zu ekelhaft. Aber ob der Oberst mich betrog oder ob die Signorina ihn betrogen hatte, wusste ich nicht – wahrscheinlich ein bisschen von beidem. Ich sah jedoch deutlich, was das Spiel des Obersten war; Er warnte mich auf seine ungeschickte Art vor seinen Interessen, denn natürlich kannte er meine Ansprüche und wusste wahrscheinlich auch, dass sie einigen

Erfolg hatten, und ich glaube nicht, dass ich ihm viel aufdrängte. Aber ich wollte unbedingt einen Bruch vermeiden und Zeit gewinnen.

„Ich muss die Dame anrufen und ihr gratulieren", sagte ich.

Dem konnte der Oberst zwar nicht widersprechen, aber es gefiel ihm nicht.

„Nun, Christina hat mir erzählt, dass sie sehr beschäftigt ist, aber ich wage zu behaupten, dass sie dich für ein paar Minuten sehen wird."

„Ich wage zu behaupten, dass sie es tun wird", sagte ich trocken.

„Ich muss jetzt weg. Ich muss den ganzen Tag herumlaufen und versuchen, diese höllischen Kerle zu fangen, die die Geldscheine zerstört haben."

„Sie werden heute also keine Geschäfte machen?"

„Wie wäre es mit der Regelung der Regierung?" fragte er grinsend. "Jetzt noch nicht. Warte, bis ich die Signorina und das Geld habe, dann sehen wir weiter. Denk an das Geld, mein Junge!"

Zu meiner großen Erleichterung ging er dann, und als er hinausging, schwor ich, dass er weder Signorina noch Geld haben sollte. Im Laufe der nächsten vierundzwanzig Stunden muss ich einen Weg finden, ihn daran zu hindern.

„Eher früh für einen Anruf", sagte ich, „aber ich muss die Signorina sehen."

Auf dem Weg nach oben traf ich mehrere Leute und hörte einige interessante Fakten. Erstens war von Don Antonio und seiner Tochter keine Spur aufgetaucht; Gerüchten zufolge hätten sie sich mit dem Präsidenten und seinem treuen Arzt auf *„Die Sängerin"* begeben. Zweitens lag Johnny Carr immer noch im Golden House im Bett (dies von Mme. Devarges , die ihn besucht hatte); aber seine Männer waren verschwunden, nachdem sie der neuen Regierung feierlich den Eid geleistet hatten. Punkt drei: Der Oberst war von den Truppen mit Schweigen und finsteren Blicken empfangen worden, und zwei Offiziere waren im Weltraum verschwunden, beide Amerikaner und die einzigen Männer, die in einem Kampf von Nutzen waren. Die Dinge sahen ziemlich düster aus, und ich begann zu denken, dass ich auch gerne verschwinden würde, vorausgesetzt, ich könnte mein Geld und meine Geliebte mitnehmen. Meine Loyalitätsskrupel waren durch das anmaßende Verhalten des Obersten beseitigt, und ich war zu jedem Schritt bereit, der mir die Erfüllung meiner eigenen Absichten versprach. Es war ziemlich offensichtlich, dass es in seiner jetzigen Geistesverfassung kein Leben mit McGregor geben würde, und ich war überzeugt, dass mein bester

Weg darin bestehen würde, die ganze Sache abzubrechen oder, falls sich das als unmöglich erweisen sollte, zu sehen, womit ich einen Handel abschließen könnte der Präsident. Natürlich würde für ihn alles glatt gehen, wenn ich die Dollars und die Dame aufgeben würde; ein ähnliches Opfer würde McGregor versöhnen. Aber ich hatte ja auch nicht vor, es zu schaffen.

„Das ein oder andere werde ich haben", sagte ich, als ich an die Tür von „Mon Repos" klopfte, „und wenn möglich beides."

Die Signorina sah besorgt aus; tatsächlich dachte ich, sie hätte geweint.

„Hast du meine Tante auf dem Weg nach oben getroffen?" sie fragte, als ich angekündigt wurde.

„Nein", sagte ich. „Ich habe sie weggeschickt", fuhr sie fort. „Diese ganze Aufregung macht ihr Angst, also habe ich mir die Erlaubnis des Obersten (denn Sie wissen ja, dass wir uns nicht ohne Erlaubnis bewegen dürfen, jetzt, wo die Freiheit gesiegt hat) eingeholt, damit sie nach Luftveränderung sucht."

„Wohin geht sie?" Ich sagte .

„Zuhause", sagte die Signorina.

Ich wusste nicht, wo „Zuhause" war, aber ich frage nie, was ich nicht wissen soll.

„Bist du allein gelassen?"

"Ja. Ich weiß, dass es nicht korrekt ist. Aber weißt du, Jack, ich musste mich zwischen der Sorge um mein Geld und der Sorge um meinen Ruf entscheiden. Letzteres ist immer in meiner eigenen Obhut; Bei Ersterem war ich mir nicht so sicher."

„Oh, Sie haben es also Mrs. Carrington gegeben?"

„Ja, alle bis auf fünftausend Dollar."

„Weiß das der Oberst?"

„Meine Güte, natürlich nicht! sonst hätte er sie nie gehen lassen."

„Du bist sehr weise", sagte ich. „Ich wünschte nur, ich hätte mein Geld mit ihr schicken können."

„Ich fürchte, das hätte die liebe Tante ziemlich massig gemacht", sagte die Signorina kichernd.

„Ja, so viel von mir ist in bar", sagte ich bedauernd. „Aber werden sie es nicht bei ihr finden?"

„Nicht, wenn es Herren sind", antwortete die Signorina düster.

Offensichtlich konnte ich nicht nach weiteren Einzelheiten fragen; Also enthüllte ich ohne weitere Umschweife meinen eigenen gefährlichen Zustand und die Prahlereien der Colonel über sich selbst.

„Was für ein Bösewicht dieser Mann ist!" rief sie aus. „Natürlich war ich höflich zu ihm, aber ich habe nicht die Hälfte davon gesagt. Du hast mir nicht geglaubt, Jack?"

Es nützt nie, unangenehm zu sein, also sagte ich, ich hätte die Idee mit Verachtung abgelehnt.

„Aber was ist zu tun? Wenn ich morgen hier bin, wird er das Geld nehmen und mir höchstwahrscheinlich die Kehle durchschneiden, wenn ich versuche, ihn aufzuhalten.

„Ja, und er wird mich heiraten", stimmte die Signorina zu. „Jack, wir brauchen eine Konterrevolution."

„Ich weiß nicht, was das nützen wird", antwortete ich traurig. „Der Präsident wird das Geld trotzdem nehmen, und ich gehe davon aus, dass er Sie trotzdem heiraten wird."

„Von den beiden hätte ich ihn lieber. Jetzt ärgere dich nicht, Jack! Ich sagte nur: „von den beiden." Aber du hast völlig recht; Es konnte uns nicht viel helfen, General Whittingham zurückzuholen."

„Ganz zu schweigen von der hohen Wahrscheinlichkeit, dass ich bei dem Versuch umkomme."

„Lassen Sie mich nachdenken", sagte die Signorina und zog die Brauen zusammen.

„Darf ich mir eine Zigarette anzünden und Ihnen helfen?"

Sie nickte zustimmend und ich wartete auf das Ergebnis ihrer Meditation.

Sie saß da und sah sehr nachdenklich und besorgt aus, aber es schien mir, als ob sie sich eher in einem Gefühlskonflikt befände, als über eine Vorgehensweise nachzudenken. Einmal warf sie mir einen Blick zu, dann wandte sie sich mit einer unruhigen Bewegung und einem Seufzer ab.

Ich rauchte meine Zigarette aus, warf sie weg und schlenderte zum Fenster, um hinauszuschauen. Ich stand schon eine Weile da, als ich sie leise rufen hörte:

"Jack!"

Ich drehte mich um und kam zu ihr, kniete mich neben sie und nahm ihre Hände.

Sie blickte mir mit ungewöhnlicher Ernsthaftigkeit ziemlich aufmerksam ins Gesicht. Dann sagte sie:

„Wenn Sie sich zwischen mir und dem Geld entscheiden müssen, welches wird es sein?"

Ich küsste ihre Hand als Antwort.

„Wenn das Geld verloren geht, kommt dann nicht alles raus? Und werden sie dich dann nicht als unehrlich bezeichnen?"

„Das nehme ich an", sagte ich. „Stört dich das nicht?"

"Ja, das tue ich. Niemand mag es, als Dieb bezeichnet zu werden – vor allem, wenn etwas Wahres dran ist. Aber es würde mir noch mehr ausmachen, dich zu verlieren."

„Liebst du mich wirklich sehr gern, Jack? Nein, das muss man nicht sagen. Ich denke du bist. Jetzt verrate ich dir ein Geheimnis. Wenn Sie nicht hierher gekommen wären, hätte ich General Whittingham schon vor langer Zeit heiraten sollen. Ich blieb hier mit der Absicht, es zu tun (oh ja, ich bin kein nettes Mädchen, Jack), und er fragte mich sehr bald nach deiner Ankunft. Dann habe ich ihm mein Geld gegeben, wissen Sie."

Ich hörte aufmerksam zu. Es schien, als ob einige Dinge geklärt werden würden.

„Nun", fuhr sie fort, „du weißt, was passiert ist. Du hast dich in mich verliebt – ich habe versucht, dich zu erschaffen; und dann habe ich mich wohl ein wenig in dich verliebt. Jedenfalls habe ich dem Präsidenten damals gesagt, dass ich ihn nicht heiraten würde. Einige Zeit später wollte ich etwas Geld und bat ihn, mir mein Geld zurückzugeben. Er weigerte sich völlig; Du kennst seine ruhige Art. Er sagte, er würde es für „Mrs." behalten. Whittingham.' Oh, ich hätte ihn töten können! Aber ich traute mich nicht, offen mit ihm zu brechen; Außerdem ist es sehr schwer, gegen ihn anzukämpfen. Wir hatten ständig Streit; Er würde das Geld niemals zurückgeben, und ich erklärte, dass ich ihn nicht heiraten würde, wenn ich es nicht vorher hätte, und nicht dann, wenn ich es nicht wollte. Er war sehr wütend und schwor, ich solle ihn ohne einen Cent davon heiraten; und so ging es weiter. Aber er hat dich nie verdächtigt, Jack; nicht bis zum Schluss. Dann haben wir von den Schulden erfahren, wissen Sie; und ungefähr zur gleichen Zeit, als ich sah, dass er endlich etwas zwischen dir und mir vermutete. Und noch am Tag bevor wir zur Bank kamen , trieb er mich in die Verzweiflung. Er stand neben mir in diesem Raum und sagte: Christina, ich werde alt. Ich werde nicht länger warten. Ich glaube, du bist in diesen jungen Martin verliebt.' Dann entschuldigte er sich für seine Offenheit, da er immer sanftmütig sei. Und ich habe mich ihm widersetzt. Und dann, Jack, was hat er Ihrer Meinung nach getan?"

Ich sprang wütend auf.

"Was?" Ich weinte.

"Er *lachte* !" sagte die Signorina mit tragischer Intensität. „Ich konnte das nicht ertragen, also habe ich mich dem Oberst angeschlossen und ihn verärgert. Ach, er hätte mich nicht auslachen sollen!"

Und tatsächlich sah sie in diesem Moment ein gefährliches Thema für eine solche Behandlung an.

„Ich wusste, was kein anderer wusste, und ich konnte ihn beeinflussen wie kein anderer, und ich bekam meine Rache. Aber jetzt", sagte sie, „endet alles im Nichts."

Und sie brach schluchzend zusammen.

Dann erholte sie sich, bedeutete mir, still zu sein und fuhr fort:

„Sie denken vielleicht, nachdem ich ihn so lange auf Abstand gehalten habe, habe ich von dem Colonel wenig zu befürchten. Aber es ist anders. Der Präsident hat keine Skrupel; aber er ist ein Gentleman – was Frauen betrifft. Ich meine – er würde nicht –"

Sie stoppte.

„Aber McGregor?" fragte ich mit heiserem Flüstern.

Sie ließ ihren Kopf auf meine Schulter sinken.

„Ich wage es nicht , hier bei ihm zu bleiben, Jack", flüsterte sie. „Wenn Sie mich nicht mitnehmen können, muss ich zum Präsidenten gehen. Bei ihm werde ich wenigstens in Sicherheit sein!"

„Verdammter Grobian!" Ich knurrte; damit ist nicht der Präsident gemeint, sondern sein Nachfolger; „Ich werde ihn erschießen!"

„Nein, nein, Jack!" Sie weinte. „Du musst ruhig und vorsichtig sein. Aber ich muss heute Abend gehen – heute Abend, Jack, entweder mit Ihnen oder zum Präsidenten."

„Mein Liebling, du sollst mit mir kommen", sagte ich. – „Wohin?"

„Oh, irgendwo raus hier."

„Wie sollen wir entkommen?"

„Jetzt setz dich, mein Lieber, und versuch mit dem Weinen aufzuhören – du brichst mir das Herz – und ich werde nachdenken. Jetzt bin ich an der Reihe."

Ich trug sie zum Sofa, und sie lag reglos da, aber ihre Augen waren auf mich gerichtet. Ich war voller Wut auf McGregor, aber ich konnte mir den Luxus nicht leisten, mir das zu gönnen, also konzentrierte ich mich ganz darauf, einen Ausweg für uns zu finden. Endlich schien mir ein Plan aufgefallen zu sein .

Die Signorina sah die Inspiration in meinen Augen. Sie sprang auf und kam auf mich zu.

„Hast du es, Jack?" Sie sagte.

„Ich denke schon – wenn Sie sich mir anvertrauen und sich eine ungemütliche Nacht nichts ausmacht."

"Mach weiter."

„Kennst du meine kleine Dampfbarkasse? Heute Nacht wird es dunkel sein. Wenn wir mit ein paar Stunden Start an Bord kommen , können wir jedem ein sauberes Paar Absätze zeigen. Sie kommt mit gutem Tempo voran, und bis zur Sicherheit und auf fremdem Boden sind es nur noch fünfzig Meilen. Ich werde dort einen Bettler landen!"

„Das macht mir nichts aus, Jack", sagte sie. „Ich habe meine fünftausend, und Tante wird sich uns mit dem Rest anschließen. Aber wie kommen wir an Bord? Außerdem, oh Jack! Der Präsident beobachtet jeden Abend mit *der Sängerin die Küste* – und Sie wissen, dass sie Dampf hat – Mr. Carr hat gerade Hilfsdampf eingebaut."

„Nein", sagte ich, „das wusste ich nicht. Schau her, Christina; Entschuldigen Sie die Frage, aber können Sie mit dem Präsidenten kommunizieren?"

„Ja", sagte sie nach kurzem Zögern.

Das hatte ich vermutet.

„Und wird er glauben, was du ihm erzählst?"

"Ich weiß nicht. Er könnte es tun, vielleicht auch nicht. Er wird wahrscheinlich so tun, als ob er es nicht getan hätte."

Ich schätzte die Richtigkeit dieser Vorhersage der Maßnahmen von General Whittingham.

„Nun, wir müssen es wagen", sagte ich. „Auf jeden Fall ist es besser, sich von ihm erwischen zu lassen, als hier zu bleiben. Wir waren vielleicht etwas voreilig mit unserer Revolution."

„Ich hätte nie gedacht, dass der Oberst so böse ist", sagte die Signorina.

Wir hatten keine Zeit zu verlieren, unseren Feind zu beschimpfen; Die Frage war, wie man ihn überlisten konnte. Ich legte der Signorina meinen Plan dar, ohne ihr die damit verbundenen Schwierigkeiten und sogar Gefahren zu verheimlichen. Was auch immer sie vorher und nachher gedacht haben mag, in diesem Moment war sie entweder so von ihrer Angst vor dem Oberst überwältigt oder von ihren Gefühlen für mich so überwältigt, dass sie sich nicht um Schwierigkeiten kümmerte und über Gefahren lachte, obwohl sie darauf hinwies Ein Scheitern wäre schändlich, es könnte unsere gegenwärtige Lage nicht wesentlich verschlechtern. Wenn es uns hingegen gelingen würde –

Der Gedanke an Erfolg weckte eine Aussicht auf Glückseligkeit, in der wir ein paar Minuten lang genossen; Dann kehrten wir, gewarnt durch den Schlag zwölf, zum Geschäft zurück.

„Wirst du etwas von dem Geld mitnehmen?" Sie fragte.

„Nein", sagte ich, „das glaube ich nicht. Es würde das Risiko erheblich erhöhen, wenn man mich in der Bank herumhängen sehen würde; Du weißt, dass er überall Spione hat. Außerdem: Was würde es nützen? Ich konnte mich nicht daran halten und bin nicht geneigt, noch mehr Risiken einzugehen, nur um den Geldbeutel der Bank zu schonen. Die Bank hat mich nicht so gut behandelt. Ich schlage vor, mich auf Ihre Gabe zu verlassen, bis ich Zeit habe, mich umzudrehen."

„Soll ich dich jetzt holen?" Ich fragte sie, wann wir die anderen Details geklärt hätten.

„Ich glaube nicht", sagte sie. „Ich glaube, der Oberst hat einen meiner Diener in seinem Sold. Ich kann alleine rausschlüpfen, aber wenn du bei mir wärst, könnte ich es nicht so gut schaffen. Ihr Anblick würde die Neugier wecken. Wir treffen uns am Ende der Liberty Street."

„Bitte genau um zwei Uhr morgens. Kommen Sie nicht über die *Piazza* und die Liberty Street. Kommen Sie vorbei an der Auffahrt. [Dies war eine Art Boulevard, der die Stadt umrundete und auf dem die Aristokratie zu fahren und zu fahren pflegte.] In der Bank dürfte es bis dahin ziemlich geschäftig sein, und niemand wird Sie bemerken. Du hast einen Revolver?"

"Ja."

"In Ordnung. Verletze niemanden, wenn du es verhindern kannst; Aber wenn Sie das tun, lassen Sie ihn nicht in Qualen verweilen. Jetzt bin ich weg", fuhr ich fort. „Ich schätze, ich sollte dich besser nicht wiedersehen?"

„Ich fürchte, das darfst du nicht, Jack. Du bist schon zwei Stunden hier."

„Ich werde am Nachmittag in meinen Zimmern sein. Wenn etwas schief geht, schicken Sie Ihre Kutsche die Straße entlang und lassen Sie sie beim Lebensmittelhändler anhalten. Ich werde das als Zeichen betrachten."

Die Signorina stimmte zu und wir trennten uns zärtlich. Meine letzten Worte waren:

„Sie werden diese Nachricht sofort an Whittingham senden?"

„In diesem Moment", sagte sie, während sie mir von der Zimmertür aus einen Kuss zuwinkte.

KAPITEL XIII.
Ich arbeite an der menschlichen Natur.

Offensichtlich stand mir ein weiterer Tag bevor, der ebenso unerfreulich aufregend sein würde wie der, den ich vor der Revolution verbracht hatte, und ich dachte traurig darüber nach, dass es nicht so einfach ist, wenn jemand sich einmal auf solche Dinge einlässt. Glücklicherweise hatte ich jedoch mehrere Dinge zu tun und musste den Tag nicht im Nichtstun verbringen. Zuerst wandte ich meine Schritte dem Hafen zu. Als ich ging, untersuchte ich meine Taschen und fand einen Gesamtbetrag von 950 Dollar. Das war alles für mich, denn in letzter Zeit hatte ich es für klug gehalten, mein Vermögen bei mir zu tragen. Nun, das reichte für den Moment; Die Zukunft muss für sich selbst sorgen. So dachte ich mir, als ich mit leichtem Herzen weiterging, mein Triumph in der Liebe überwog bei weitem alle Probleme und Gefahren, die mich bedrängten. Bringen Sie mich nur mit der Signorina an meiner Seite sicher aus Aureataland heraus, und ich habe nichts mehr vom Glück verlangt! Lassen Sie die Toten ihre Toten begraben, und die Bank kümmert sich um ihre Dollars!

Nachdenklich kam ich zum Bootshaus, wo meine Barkasse lag. Es war ein ordentliches kleines Boot und hatte den Vorteil, dass es problemlos von einem Mann bedient werden konnte. Ich musste nur noch arrangieren, wie ich mich unbemerkt auf sie einlassen konnte. Ich rief den verantwortlichen Bootsmann herbei und befragte ihn eingehend über die voraussichtliche Wetterlage. Er versicherte mir zuversichtlich, dass es in Ordnung, aber dunkel sein würde.

„Sehr gut", sagte ich, „ich werde angeln gehen; Fangen Sie über Nacht an und werfen Sie bei Sonnenaufgang einen Blick darauf."

Der Mann war ziemlich erstaunt über meine ungewohnte Energie, erhob aber natürlich keine Einwände.

„Um wie viel Uhr sollen Sie beginnen, Sir?" er hat gefragt.

„Ich möchte, dass sie um zwei Uhr fertig ist", sagte ich. „Soll ich mitkommen, Sir?"

Ich tat so, als ob ich darüber nachdachte, und sagte ihm dann zu seiner offensichtlichen Erleichterung, dass ich auf seine Dienste verzichten könne.

„Lassen Sie sie am Ende Ihres Stegs zurück", sagte ich, „bereit für mich." Dort ist sie sicher, nicht wahr?"

„Oh ja, Sir. Außer den Wachposten wird niemand in der Nähe sein, und sie werden ihr nichts anhaben."

Insgeheim hoffte ich, dass nicht einmal die Wachposten in der Nähe sein würden, aber ich sagte es nicht.

„Natürlich, Sir, ich werde das Tor abschließen. Du hast deinen Schlüssel?"

„Ja, alles klar, und hier sind Sie – und ich bin Ihnen sehr dankbar für Ihre Mühe."

Der Mann war zutiefst erstaunt und dankbar, dass er ohne ersichtlichen Grund (eher ein Fehler meinerseits) ein hohes Trinkgeld erhalten hatte, und versprach, alles zu tun, damit ich mich wohler fühlte. Selbst als ich um ein paar Kissen bat, verbarg er seine Verachtung und stimmte zu, sie hineinzulegen.

„Und pass auf, dass du dich nicht aufsetzt", sagte ich, als ich ihn verließ.

„Ich werde mich wahrscheinlich nicht aufsetzen, wenn ich dazu nicht verpflichtet bin", antwortete er. „Ich hoffe, Sie haben viel Spaß, Sir."

Vom Hafen aus machte ich mich direkt auf den Weg zum Goldenen Haus. Der Oberst war ziemlich überrascht, mich so bald wiederzusehen, aber als ich ihm sagte, dass ich aus geschäftlichen Gründen komme, ließ er seine Beschäftigungen beiseite und hörte mir zu.

Ich begann mit einiger Sorge, denn wenn er meinen guten Willen verdächtigte, wäre alles verloren. Allerdings hatte ich immer ein gutes Gespür für Lügen, und der Oberst war nicht der Präsident.

„Ich bin wegen dieser Geldfrage gekommen", sagte ich.

„Na, bist du zur Besinnung gekommen?" fragte er mit seiner gewohnten Unhöflichkeit.

„Ich kann dir das Geld nicht geben –", fuhr ich fort.

„Zum Teufel, das kannst du nicht!" unterbrach er. „Du sitzt da und erzählst mir das? Wussten Sie, dass die Soldaten mich verärgern werden, wenn sie in ein paar Stunden kein Geld haben? Sie sind jederzeit dazu bereit. Von Jove! Wenn ich jetzt einen Befehl erteile, weiß ich nicht, ob man mir gehorcht oder ob ich eine Kugel durch den Kopf bekomme."

„Bitte seid ruhig!" sagte ich. „Du hast mich nicht ausreden lassen."

„Lass dich ausreden!" er weinte. „Sie scheinen zu glauben, dass Jabber alles macht. Das Endergebnis ist, dass Sie mir entweder das Geld geben oder ich es nehme – und wenn Sie sich einmischen, seien Sie vorsichtig!"

„Das wäre genau das, was ich vorschlagen würde, wenn du mich nicht unterbrochen hättest", sagte ich leise, aber mit innerer Freude, denn ich sah, dass er gerade in der Stimmung war, eifrig in die Falle zu tappen, auf die ich mich vorbereitete ihn.

"Wie meinst du das?" er hat gefragt.

Ich erklärte ihm, dass es für mich unmöglich sei, auf das Geld zu verzichten. Mein Ruf stand auf dem Spiel; Es war meine Pflicht, für die Verteidigung dieses Geldes zu sterben – eine Pflicht, die ich, wie ich schnell hinzufügte, nicht zu erfüllen gedachte.

„Aber", fuhr ich fort, „obwohl ich verpflichtet bin, das Geld nicht herauszugeben, muss ich nicht damit rechnen, dass es gewaltsam beschlagnahmt wird." In Zeiten der Unruhe greifen Banden von Raufbolden oft auf Plünderung zurück. Nicht einmal die strengsten Vorsichtsmaßnahmen können davor schützen. Nun wäre es durchaus möglich, dass noch heute Abend eine Bande solcher Plünderer einen Angriff auf die Bank verübt und das gesamte Geld im Safe mitnimmt."

"Oh!" sagte der Oberst, „das ist das Spiel, oder?"

„Das", antwortete ich, „ist das Spiel; und auch ein sehr nettes Spiel, wenn man es richtig spielt."

„Und was werden sie in Europa sagen, wenn sie hören, dass die Provisorische Regierung Privateigentum plündert?"

„Mein lieber Oberst, Sie zwingen mich zu vielen Erklärungen. Sie werden in der Angelegenheit natürlich nicht auftauchen."

„Ich wäre gerne dabei", bemerkte er. „Wenn ich es nicht wäre, würden die Männer vielleicht nicht genau erkennen, worum es bei der Sache geht."

„Sie werden natürlich da sein, aber *inkognito* . Sehen Sie, Colonel, es ist so klar wie zwei Erbsen. Geben Sie bekannt, dass Sie die Küste erkunden und *die Sängerin im Auge behalten werden* . Ziehen Sie unter diesem Vorwand Ihre Unternehmen von der Piazza ab. Dann nehmen Sie fünfzehn oder zwanzig Männer mit, denen Sie vertrauen können – nicht mehr, denn es hat keinen Sinn, mehr zu nehmen, als Sie helfen können, und Widerstand kommt nicht in Frage. Gegen zwei Uhr, wenn alles ruhig ist, umzingeln Sie die Bank. Jones öffnet sich, wenn Sie klopfen. Verletze ihn nicht, aber bringe ihn nach draußen und halte ihn ruhig. Geh rein und nimm das Geld. Hier ist der Schlüssel zum Safe. Dann, wenn Sie möchten, zünden Sie den Ort an."

„Bravo, mein Junge!" sagte der Oberst. „Es steckt doch etwas in dir. Auf mein Wort, ich hatte Angst, dass du tugendhaft werden würdest."

Ich lachte so böse ich konnte.

„Und was wirst du davon haben?" er sagte. „Ich nehme an, das kommt als nächstes?"

Wie der Leser weiß, hatte ich außer mir und der Signorina nichts davon. Aber es würde nicht genügen, das dem Oberst zu sagen; er würde nicht an desinteressiertes Verhalten glauben. Also handelte ich mit ihm um einen *Douceur* von dreißigtausend Dollar, den er so bereitwillig versprach, dass ich stark bezweifelte, ob er jemals die Absicht hatte, ihn zu zahlen.

„Glauben Sie, dass die Gefahr besteht, dass Whittingham einen Angriff verübt, während wir mit der Arbeit beschäftigt sind?"

Der Colonel wurde, wie man allgemein sagt, etwas *wärmer,* als mir lieb war.

Es war notwendig, ihn in die Irre zu führen.

„Das glaube ich nicht", antwortete ich. „Er kann hier unmöglich schon eine große Party organisiert haben. Es besteht zweifellos eine gewisse Unzufriedenheit, aber nicht genug, als dass er sich darauf verlassen könnte."

„Es gibt jede Menge Unzufriedenheit", sagte der Oberst.

„Das wird es in ein paar Stunden nicht mehr geben."

"Warum nicht?"

„Nun, weil Sie in die Kaserne gehen, um morgen früh eine neue Lohnrate für die Truppen anzukündigen – eine stattliche Rate."

„Ja", sagte er nachdenklich, „das sollte sie eine Nacht lang ruhig halten. Tatsache ist, dass sie sich weder für mich noch für Whittingham um zwei Pence kümmern ; Und wenn sie denken, dass sie mehr aus mir herausholen, bleiben sie bei mir."

Natürlich habe ich zugestimmt. Tatsächlich stimmte es, solange der Präsident nicht vor Ort war; aber ich dachte insgeheim, dass der Oberst den persönlichen Einfluss und das Prestige seines Rivalen nicht genug berücksichtigte, wenn er einmal den Truppen gegenüberstand.

„Ja", fuhr der Oberst fort, „das werde ich tun; und außerdem werde ich die Leute in gute Laune versetzen, indem ich heute Abend auf der Piazza Bestellungen für Gratisgetränke aufgeben werde."

„Herrlich altmodisch und fürstlich", bemerkte ich, „ich denke, das ist eine gute Idee. Machen Sie ein Lagerfeuer und machen Sie es komplett. Ich nehme nicht an, dass Whittingham von irgendeinem Versuch träumt, aber es wird den Aufstand noch plausibler machen."

„Jedenfalls werden sie alle zu betrunken sein, um Ärger zu machen", sagte er.

„Nun, das ist doch alles, nicht wahr?" sagte ich. „Ich werde gehen. Ich muss meinen Direktoren schreiben und um Anweisungen für die Anlage des Geldes bitten."

„Sie werden noch gehängt werden, Martin", sagte der Oberst mit offensichtlicher Bewunderung.

„Nicht von Ihnen, nicht wahr, Colonel? Was auch immer passiert wäre, wenn ich hartnäckig gewesen wäre! Ich hoffe jedenfalls, dass ich es überlebe, auf deiner Hochzeit zu tanzen. Jetzt weniger als eine Woche!"

„Ja", sagte er, „es ist Sonntag (aber, bei Gott! Ich hatte es vergessen), und der nächste Samstag ist soweit!"

Er sah wirklich wie ein glücklicher Bräutigam aus, als er das sagte, und ich ließ ihn zurück, um über sein Glück nachzudenken.

„Ich würde zehn zu eins wetten, dass dieser Tag nie kommt", dachte ich, als ich wegging. „Selbst wenn ich nicht gewinne, werde ich den Präsidenten unterstützen, vorher zurück zu sein."

Die Gier des Obersts hatte über seinen Verstand gesiegt, und er war mir mit größerer Bereitwilligkeit in die Falle gegangen, als ich es mir erhofft hatte. Es blieb die Frage: Was würde der Präsident tun, wenn er den Brief der Signorina erhielte? Es kann zu einem besseren Verständnis der Situation beitragen, wenn ich erzähle, um welchen Brief es sich handelte. Sie gab es mir zum Durchlesen, nachdem wir es zusammen zusammengestellt hatten, und ich habe immer noch mein Exemplar. Es lief wie folgt ab:

„Ich kann kaum hoffen, dass du mir wieder vertraust, aber wenn ich dich betrogen habe, hast du mich dazu getrieben. Ich habe ihnen dein Geld gegeben; es ist jetzt auf der Bank. M. weigert sich, es herauszugeben, und der C. will es heute Abend nehmen. Er wird nur wenige Männer haben, der Rest wird nicht in der Nähe sein . Er wird um zwei Uhr mit etwa zwanzig Männern bei der Bank sein. Ergreifen Sie Ihre eigenen Maßnahmen. Alle hier sind zu Ihren Gunsten. Er droht mir mit Gewalt, wenn ich ihn nicht sofort heirate. Er schaut sich „*The Songstress*" *an* , aber wenn man sie vor Anker lassen und in einem Boot landen kann, entsteht kein Verdacht. Ich schwöre, das ist wahr; Bestrafe mich nicht noch mehr, indem du mir nicht glaubst. Ich protestiere nicht. Aber wenn du zu mir zurückkommst, werde ich dir als Gegenleistung für Verzeihung *alles geben, was du verlangst* !

„CHRISTINA.

„PS – M. und der C. sind in einem schlechten Verhältnis, und M. wird nicht gegen Sie aktiv werden."

Im Großen und Ganzen dachte ich, das würde ihn bringen. Ich bezweifelte, dass er wirklich daran glauben würde, aber es schien wahrscheinlich (tatsächlich war es, soweit es ging, Wort für Wort wahr) und hielt einen Köder bereit, dem er nur schwer widerstehen konnte. Auch hier liebte er einen kühnen Schlag so sehr und war so frei von Angst, dass es sehr wahrscheinlich war, dass er kommen und sehen konnte, ob es wahr war. Wenn er, wie wir vermuteten, bereits eine beträchtliche Anzahl Anhänger an Land hatte, konnte er landen und aufklären, ohne dass die Gefahr groß war, dem Oberst in die Hände zu fallen. Selbst wenn er nicht käme, hofften wir schließlich, dass der Brief ausreichen würde, um ihn von jedem Gedanken an flüchtige Boote und entlaufene Liebhaber abzulenken. Ich hätte die Formulierung noch verlockender gestalten können, aber die Signorina, mit der für ihr Geschlecht typischen außerordentlich verzerrten Moral, weigerte sich, in einem Brief, der von Anfang bis Ende eine monumentale Lüge war, irgendetwas im wahrsten Sinne des Wortes Unwahres zu schwören; Obwohl sie keine Ethikstudentin war, war sie sich der Unterscheidung zwischen der *expressio sehr bewusst Falsi* und *Suppressio wahr*. Die einzige Passage, an der sie zweifelte, war die letzte: „Wenn du zu mir zurückkommst." „Aber dann kommt er nicht *zu mir zurück*, wenn ich nicht da bin!" rief sie triumphierend aus. Was mit ihm nach seiner Landung geschah – ob er die Gans des Obersten kochte oder der Oberst seine Gans kochte – konnte ich mir wirklich nicht leisten, darüber nachzudenken. Aus persönlichen Gründen hätte mir Ersteres gefallen sollen, aber ich ließ nicht zu, dass solche Überlegungen mein Verhalten beeinflussten. Meine einzige Hoffnung war, dass das Töten lange genug dauern würde, um Zeit für unseren unauffälligen Abgang zu haben. Gleichzeitig hätte ich aus Wettgründen hohe Quoten gegen McGregor gesetzt.

Meiner Meinung nach ist es fast genauso schwierig, konsequent egoistisch zu sein, wie absolut selbstlos. Ich hatte in dieser Krise jeden Anlass, alle meine Kräfte auf mich selbst zu konzentrieren, aber Jones ging mir nicht aus dem Kopf. Es war sicherlich unwahrscheinlich, dass Jones versuchen würde, der plündernden Partei Widerstand zu leisten; aber weder der Oberst noch die von ihm gewählte Truppe würden gewissenhaft sein, und es war unmöglich, nicht zu erkennen, dass Jones eine Kugel durch den Kopf bekommen könnte; Tatsächlich hatte ich den Eindruck, dass ein solcher Schritt dem Oberst eher zu empfehlen wäre, als dass er der Angelegenheit einen *authentischen Eindruck verlieh*. Jones hatte mir oft große Unannehmlichkeiten bereitet, aber ich wollte seinen Tod nicht auf meinem Gewissen haben, deshalb war ich sehr froh, als ich ihn auf dem Rückweg vom Goldenen Haus zufällig traf, und nutzte die Gelegenheit ihm einen freundlichen Hinweis zu geben.

Ich nahm ihn und setzte ihn neben mir auf eine Bank auf der Piazza.

Die neugierigen Blicke dreier Soldaten, die offensichtlich den Auftrag hatten, ein Auge auf die Bank und meine Geschäfte damit zu haben, störten mich überhaupt nicht.

Zunächst verpflichtete ich Jones zur absoluten Geheimhaltung und machte ihm dann auf Umwegen klar, dass der Colonel und ich beide große Angst vor einem Angriff auf die Bank hätten.

„Die Stadt", sagte ich, „ist in einem höchst unruhigen Zustand und viele gefährliche Gestalten sind in der Nähe." Unter diesen Umständen fühlte ich mich gezwungen, die Verteidigung unseres Eigentums der Regierung zu überlassen. Ich habe den Behörden offiziell mitgeteilt, dass wir sie für jeden Schaden haftbar machen werden, der uns durch öffentliche Unruhen entsteht. Der Oberst hat diese Verantwortung im Namen der Regierung übernommen. Deshalb möchte ich Ihnen sagen, Herr Jones, dass im beklagenswerten Fall eines Angriffs auf die Bank nicht von Ihnen erwartet wird, dass Sie durch Widerstand Ihr Leben preisgeben. Ein solches Opfer wäre sowohl unangebracht als auch nutzlos; und ich muss Sie darüber informieren, dass die Regierung darauf besteht, dass ihre Maßnahmen nicht durch ein unüberlegtes Verhalten unsererseits vereitelt werden. Ich kann heute Abend nicht in der Bank sein; aber im Falle von Schwierigkeiten werden Sie mir gehorchen, indem Sie nicht versuchen, Gewalt mit Gewalt zu bekämpfen. Sie werden nachgeben, und wir werden uns im Schadensfall auf unsere Rechtsbehelfe gegen die Regierung verlassen."

Diese Anweisungen stimmten so vollkommen mit der natürlichen Geisteshaltung von Jones überein, dass er ihnen bereitwillig zustimmte und meine große Wertschätzung für meine Weitsicht zum Ausdruck brachte.

„Passen Sie auf sich und Mrs. Jones auf, mein Lieber", schloss ich; „Das ist alles, was du tun musst, und ich werde zufrieden sein."

Ich trennte mich liebevoll von ihm, fragte mich, ob mein Lebensweg jemals wieder den des ehrlichen, dummen alten Mannes kreuzen würde, und hoffte von ganzem Herzen, dass sein Glück ihn bald aus dem Schurkennest befreien würde, in dem er gelebt hatte.

KAPITEL XIV.
Abschied vom Aureataland.

Die Nacht brach herein, schön und still, klar und sternenklar; aber es war kein Mond, und außerhalb der unmittelbaren Nachbarschaft der Hauptstraßen reichte die Dunkelheit aus, um unsere Hoffnung zu bestärken, der Aufmerksamkeit zu entgehen, ohne jedoch so intensiv zu sein, dass sie unsere Schritte behinderte. Tatsächlich schien alles auf unserer Seite zu sein, und ich war voller heiterer Zuversicht, als ich ein letztes Glas auf den Erfolg unseres Unternehmens trank, meinen Revolver in die Tasche steckte und kurz vor Mitternacht stahl meine Unterkunft. Ich schaute zum Ufer hinauf und konnte undeutlich drei oder vier regungslose Gestalten erkennen, die ich für Wachposten hielt, die den Schatz bewachten. Die Straße selbst war fast menschenleer, aber von meinem Standpunkt aus konnte ich sehen, wie die Piazza voller Menschen war, deren Rufe und Lieder mir sagten, dass die Gastfreundschaft des Obersten voll und ganz geschätzt wurde. Es wurde zu den Klängen der Militärkapelle getanzt, und jedes Zeichen zeigte, dass unsere guten Bürger, um es mit einem vertrauten Ausdruck zu sagen, vorhatten, daraus einen Abend zu machen.

Ich ging schnell und leise zum Steg hinunter. Ja, das Boot war in Ordnung! Ich schaute zu ihren Feuern und ließ sie an einem Seil festgemacht, bereit, in einem Augenblick in das ruhige schwarze Meer geschleust zu werden. Dann schlenderte ich am Hafenufer entlang. Hier traf ich ein paar Wachposten. Unschuldig ließ ich mich mit ihnen unterhalten und bedauerte ihr schweres Schicksal, im Dienst gehalten zu werden, während auf der Piazza das Vergnügen im Vordergrund stand. Ich lehnte diese übermäßige Vorsicht sanft ab und machte sie auf die stationären Lichter der *Songstress aufmerksam*, die vier oder fünf Meilen auf dem Meer entfernt waren. Mit einem respektvollen Lächeln über das Unbehagen des Obersten ließ ich den Samen, den ich gesät hatte, in vorbereiteter Erde wachsen. Mehr wagte ich nicht und musste mich im Übrigen auf ihre natürliche Neigung zur Pflichtvernachlässigung verlassen.

Als ich wieder am Ende der Liberty Street ankam, suchte ich Schutz bei einer kleinen Baumgruppe, die an einer Straßenseite stand. Gleich auf der anderen Straßenseite, die im rechten Winkel zur Straße verlief, begann der Wald, und ein viertelstündiger Spaziergang durch seine Schatten würde uns zum Steg bringen, wo das Boot lag. Meine Bäume bildeten eine perfekte Abschirmung, und hier stand ich und wartete auf Ereignisse. Eine Zeitlang war von der Piazza aus nichts zu hören als ein immer größer werdender Tumult der Heiterkeit. Doch nach etwa zwanzig Minuten erwachte ich und stellte fest, dass ein ständiger Strom von Männern, einzeln oder zu zweit, von der Piazza an mir vorbeizuströmen begann, die Liberty Street entlang, hinter mir über die Straße und in den Wald. Einige trugen Uniform, andere trugen gewöhnliche Kleidung; ein oder zwei erkannte ich als Mitglieder von Johnny Carrs vermisster Band. Allein der starke Kontrast zwischen der vorherrschenden Ausgelassenheit und der verstohlenen, vorsichtigen Haltung dieser Passanten hätte darauf schließen lassen, dass es ihnen um Geschäfte ging; Als ich zwei und zwei zusammenzählte, hatte ich nicht den geringsten Zweifel daran, dass es die Anhänger des Präsidenten waren, die sich auf den Weg zum Ufer machten, um ihren Häuptling zu empfangen. Also kam er; der Brief hatte seine Wirkung getan! Etwa fünfzig oder mehr müssen gekommen und gegangen sein, bevor der Strom aufhörte, und ich dachte mit großer Befriedigung, dass der Oberst in den nächsten ein oder zwei Stunden wahrscheinlich alle Hände voll zu tun haben würde.

Etwa eine halbe Stunde verging ereignislos; das Lagerfeuer brannte immer noch; Die Lieder und Tänze waren noch in vollem Gange. Ich war kurz vor der schrecklichen Stunde zwei, als ich aus meinem Versteck eine kleine Gestalt in Schwarz sah, die schnell und ängstlich die Straße entlangkam.

Ich erkannte die Signorina sofort, wie ich sie jeden Tag unter Tausenden erkennen würde; und als sie fast gegenüber von mir stehen blieb, rief ich sanft ihren Namen und zeigte mich für einen Moment. Sie rannte sofort auf mich zu.

„Ist alles in Ordnung?" sie fragte atemlos.

„Das werden wir gleich sehen", sagte ich. „Der Angriff geht los; es wird direkt beginnen."

Aber der Angriff war nicht das nächste, was wir sahen. Wir hatten uns beide wieder in den freundlichen Schatten zurückgezogen, von wo aus wir sehen konnten, ohne gesehen zu werden. Kaum hatten wir uns niedergelassen, flüsterte mir die Signorina zu und zeigte auf die andere Straßenseite zum Wald:

„Was ist das, Jack?"

Ich folgte der Linie ihres Fingers und erkannte eine Reihe von Figuren, die regungslos und reglos am äußersten Rand des Waldes standen. Es war zu dunkel, um einzelne Personen zu unterscheiden; Doch noch während wir hinsahen, wehte die stille Luft zu unseren eifrigen Ohren ein leises Befehlswort:

„Denken Sie daran, kein Ton zu hören, bis ich das Wort gebe."

"Der Präsident!" rief die Signorina laut flüsternd.

„Still, sonst hört er es", sagte ich, „und wir sind fertig."

Offensichtlich würde von da an nichts passieren, bis Ereignisse in die entgegengesetzte Richtung dazu führten. Die Signorina war sehr aufgeregt; Sie klammerte sich fest an mich, und ich sah mit Beunruhigung, dass die bloße Nähe des Mannes, vor dem sie so große Ehrfurcht hatte, zu viel für ihre Fassung bedeutete. Als ich sie beruhigt hatte, und ich fürchte, halb erschrocken, bis sie still war, richtete ich meinen Blick wieder auf die Piazza. Das Feuer war endlich erloschen und die Feierlichkeiten schienen nachzulassen. Plötzlich erschien eine Gruppe Männer in dichter Reihenfolge und marschierte die Straße entlang zur Bank. Wir standen etwa hundert Meter von diesem Gebäude entfernt, das wiederum etwa zweihundert Meter von der Piazza entfernt war. Stetig kamen sie voran; Aus dem Wald drang kein Laut zu uns.

„Das wird langsam interessant", sagte ich. „Es wird bald Ärger geben."

Soweit ich sehen konnte, zählte die Truppe des Obersts, denn sie war zweifellos eine solche, nach außen hin nicht mehr als fünfundzwanzig Mann. Jetzt waren sie bei der Bank. Ich konnte kaum sehen, was passierte, aber es schien eine kurze Pause zu geben; wahrscheinlich hatte jemand geklopft und sie warteten. Eine Sekunde später ertönte ein lauter Ruf durch die Straße und ich sah eine Gruppe von Gestalten, die sich um die Tür drängten und sich einen Weg in meine arme Bank drängten.

„Die Götter bewahren Jones!" Ich flüsterte. „Ich hoffe, der alte Narr wird nicht versuchen, sie aufzuhalten."

Während ich sprach, hörte ich von hinten einen kurzen, scharfen Befehl: „Jetzt! Aufladung!"

Als das Wort verkündet wurde, stürmte eine weitere Truppe von fünfzig oder mehr Mann mit voller Kraft an uns vorbei, und an ihrer Spitze sahen wir den Präsidenten mit dem Schwert in der Hand, der wie ein junger Mann rannte und seine Männer winkte, weiterzugehen. Die Straße hinauf fegten sie. Unwillkürlich warteten wir einen Moment, um sie zu beobachten. Als sie sich dem Ufer näherten , riefen sie:

"Der Präsident! der Präsident! Tod den Verrätern!"

Dann gab es eine Salve und sie umzingelten das Gebäude.

„Jetzt sind wir dran, Christina", sagte ich. Sie ergriff meinen Arm fest und wir rasten über die Straße und in den Wald. Es kam mir dunkler vor als damals, als ich durchkam, oder vielleicht waren meine Augen vom grellen Licht der Straßenlaternen geblendet. Aber wir kamen trotzdem ganz gut miteinander klar, ich half meinem Begleiter mit aller Kraft.

"Können wir es tun?" sie schnappte nach Luft.

„Bitte Gott", sagte ich; „Eine klare Viertelstunde reicht aus, und die sollten sie nutzen, um den Oberst zu erledigen." Denn ich hatte kaum Zweifel an der Sache mit dieser *Frage* .

Wir rasten weiter und schon konnten wir das Funkeln der Wellen durch die lichter werdenden Bäume sehen. Noch fünfhundert Meter, und dort lagen Leben, Freiheit und Liebe!

Nun, natürlich hätte ich es wissen können. Bisher war alles so reibungslos verlaufen, dass jeder Kenner der Gesetze des Zufalls hätte vorhersagen können, dass das Schicksal den unvermeidlichen Schlag ins Gesicht nur hinauszögern würde. Ein Plan, der wild und riskant schien, hatte sich im Ergebnis als ebenso wirksam erwiesen wie der klügste Plan. Nach einem natürlichen Kompensationsprinzip bestand das einfachste Hindernis darin, uns ins Verderben zu bringen. „Es gibt so manchen Ausrutscher", sagt das Sprichwort. Sehr wahrscheinlich! Einer reichte für unser Geschäft. Denn gerade als wir uns dem Waldrand näherten, gerade als sich unsere Augen über den vollen Anblick des Meeres über dem dazwischen liegenden kahlen Landstück freuten, stieß die Signorina einen Schmerzensschrei aus und fiel trotz meines Arms schwer zu Boden der Boden. Einen Augenblick später lag ich neben ihr auf den Knien. Eine alte Wurzel wächst aus der Erde! Das war alles! Und da lag mein liebes Mädchen weiß und still.

„Was ist los, Süße?" Ich flüsterte.

"Mein Knöchel!" sie murmelte; „O Jack, es tut so weh!" und damit fiel sie in Ohnmacht.

Eine halbe Stunde – dreißig sterbliche (aber scheinbar unsterbliche) Minuten – ich kniete an ihrer Seite und kümmerte mich um sie. Ich habe den armen Fuß gefesselt und ihr Brandy aus meiner Flasche gegeben. Ich fächelte ihr mit meinem Taschentuch Luft ins Gesicht. Nach ein paar Minuten kam sie wieder zu sich, das arme Kind, und schluchzte vor bitterem Schmerz. Sie konnte und wollte sich nicht bewegen. Immer wieder flehte sie mich an, sie zu verlassen. Schließlich überredete ich sie, den Schmerz, den Rest des Weges in meinen Armen getragen zu werden, zu ertragen. Ich hob sie so sanft wie möglich hoch, bis ins Herz gedrückt von ihrem galant unterdrückten Stöhnen, und langsam und mühsam bahnte ich mir, so belastet, meinen Weg zum Rand des Waldes. Es waren keine Wachposten zu sehen, und mit neuem Hoffnungsschimmer überquerte ich das offene Land und näherte mich dem kleinen Tor, das zum Steg führte. Kurz bevor wir es erreichten, kam es zu einer scharfen Kurve, und als ich diese umrundete, während die Signorina noch in meinen Armen lag, sah ich ein Pferd und einen Mann am Tor stehen. Das Pferd war voller Schaum und wurde wild geritten. Der Mann war ruhig und cool. Natürlich war er das! Es war der Präsident!

Meine Hände waren voll von meiner Last, und bevor ich etwas tun konnte, sah ich, wie die Mündung seines Revolvers voll gerichtet war – Auf mich? Ach nein! Bei der Signorina!

„Wenn du einen Schritt machst, schieße ich ihr durchs Herz, Martin", sagte er mit der leisesten Stimme, die man sich vorstellen kann.

Die Signorina blickte auf, als sie seine Stimme hörte.

„Lass mich runter, Jack! Es nützt nichts", sagte sie; „Ich wusste, wie es sein würde."

Ich habe sie nicht abgesetzt, sondern stand hilflos und wie angewurzelt da.

"Was ist los mit ihr?" er sagte.

„Sie ist gestürzt und hat sich den Knöchel verstaucht", antwortete ich.

„Komm, Martin", sagte er, „es geht nicht, und das weißt du." Eine nahe Sache; aber du hast einfach verloren."

„Wirst du uns aufhalten?" Ich sagte .

„ Natürlich bin ich das", sagte er.

„Lass mich sie niedermachen und wir werden einen fairen Kampf haben."

Er schüttelte den Kopf.

„Alles in Ordnung für junge Männer", sagte er. „Wenn ein Mann in meinem Alter Trümpfe in der Hand hat, behält er sie."

"Wie lange bist du schon hier?"

„Etwa zwei Minuten. Als ich dich in der Bank nicht sah, dachte ich, dass etwas nicht stimmte, also galoppierte ich zu ihrem Haus. Niemand da! Also bin ich hierher gekommen. Ein guter Schuss, oder?"

Der Herbst hatte es geschafft. Aber dafür hätten wir in Sicherheit sein müssen.

"Also?" er sagte.

In der Bitterkeit meines Herzens konnte ich kaum sprechen. Aber ich wollte weder den Schurken noch den Narren spielen, also sagte ich:

„Ihr Trick, Sir, und damit Ihr Vorsprung! Ich muss tun, was du mir sagst."

„Ehre hell, Martin?"

„Ja", sagte ich; "Ich gebe dir mein Wort. Nehmen Sie den Revolver, wenn Sie möchten", und ich nickte mit dem Kopf in Richtung der Tasche, in der er lag.

„Nein", sagte er, „ich vertraue dir."

„Ich schließe eine Rettung aus", sagte ich. – „Es wird keine Rettung geben", sagte er grimmig.

„Wenn der Oberst kommt –"

„Der Oberst wird nicht kommen", sagte er. "Wessen Haus ist das?"

Es gehörte meinem Bootsmann.

„Bring sie dorthin. Armes Kind, sie leidet!"

Wir haben den Bootsmann umgehauen, der somit doch keine Nachtruhe bekam. Man kann sich sein Erstaunen vorstellen.

„Hast du ein Bett?" sagte der Präsident.

„Ja", stammelte er und erkannte seinen Gesprächspartner.

„Dann trag sie hoch, Martin; und du, schick deine Frau zu ihr."

Ich nahm sie hoch und legte sie sanft auf das Bett. Der Präsident folgte mir. Dann gingen wir wieder nach unten in die kleine Stube.

„Lass uns reden", sagte er; und er fügte dem Mann hinzu: „Gib uns schnell etwas Brandy und dann geh."

Man gehorchte ihm und wir blieben allein mit dem schwachen Licht einer einzelnen Kerze.

Der Präsident setzte sich und begann zu rauchen. Er bot mir eine Zigarre an und ich nahm sie, aber er sagte nichts. Ich war überrascht über seine gemächliche, zerstreute Art. Anscheinend hatte er nichts anderes zu tun, als sich hinzusetzen und mir Gesellschaft zu leisten.

„Wenn Ihre Exzellenz", sagte ich und gab ihm instinktiv seinen alten Titel, „anderswo etwas zu tun hat, können Sie mich ruhig verlassen." Ich werde mein Wort nicht brechen."

„Das weiß ich – das weiß ich", antwortete er. „Aber ich bleibe lieber hier; Ich möchte ein Gespräch führen."

„Aber gibt es in der Stadt nicht einiges zu regeln?"

„Das alles macht der Arzt", sagte er. „Sehen Sie, jetzt besteht keine Gefahr mehr. Es gibt niemanden mehr, der sie gegen mich anführen könnte."

„Dann ist der Oberst –"

„Ja", sagte er ernst, „er ist tot." Ich habe ihn erschossen."

„Bei dem Angriff?"

"Nicht genau; Die Kämpfe waren vorbei. Eine sehr kurze Angelegenheit, Martin. Sie hatten nie eine Chance; Und sobald zwei oder drei gefallen waren und die anderen mich sahen, erbrachen sie den Schwamm."

„Und der Oberst?"

„Er hat gut gekämpft. Er hat zwei meiner Kameraden getötet; Dann warfen sich viele von ihnen auf ihn und entwaffneten ihn."

„Und du hast ihn kaltblütig getötet?"

Der Präsident lächelte leicht.

„Sechs Männer sind bei dieser Angelegenheit gefallen – fünf außer dem Oberst. Fällt es Ihnen auf, dass Sie die fünf tatsächlich getötet haben, damit Sie mit dem Mädchen, das Sie liebten, davonlaufen konnten?"

Es war mir nicht so aufgefallen, aber es war völlig irrelevant.

„Ohne deinen Plan hätte ich ohne einen Schlag zurückkommen sollen", fuhr er fort; „Aber dann hätte ich McGregor trotzdem erschießen sollen."

„Weil er den Aufstand angeführt hat?"

„Weil", sagte der Präsident, „er von Anfang bis Ende ein Verräter war – weil er versucht hat, mir alles zu rauben, was mir auf der Welt am Herzen lag." Wenn Sie so wollen", fügte er achselzuckend hinzu, „denn er stand zwischen mir und meinem Willen. Also ging ich zu ihm und sagte ihm, dass seine Stunde gekommen sei, und schoss ihm durch den Kopf. Er ist wie ein Mann gestorben, Martin; Das werde ich sagen."

Ich konnte nicht so tun, als würde ich den Toten bereuen. Tatsächlich war ich selbst nahe daran gewesen, dasselbe zu tun. Aber ich schreckte vor dieser ruhigen Rücksichtslosigkeit zurück.

Es folgte eine weitere lange Pause. Dann sagte der Präsident:

„Das alles tut mir leid, Martin – es tut mir leid, dass du und ich uns gestritten haben."

„Du hast mich in Bezug auf das Geld falsch getäuscht", sagte ich bitter.

„Ja, ja", antwortete er sanft; „Ich mache dir keine Vorwürfe. Du warst durch keine Bindungen an mich gebunden. Natürlich hast du meinen Plan gesehen?"

„Ich nahm an, dass Eure Exzellenz das Geld behalten und mich hinwerfen wollte."

„Nicht ganz", sagte er. „ Natürlich musste ich das Geld haben. Aber es war die andere Sache, wissen Sie. Was das Geld angeht, hätte ich dafür gesorgt, dass Ihnen kein Schaden zugefügt wird."

„Was war denn?"

„Ich dachte die ganze Zeit, du hättest es verstanden", sagte er etwas überrascht. „Ich habe gesehen, dass du meine Rivalin mit Christina warst, und mein Ziel bestand darin, dich aus dem Land zu vertreiben, indem ich dafür sorgte, dass es dort zu heiß für dich wurde."

„Sie hat mir erzählt, dass du bis zum Schluss nichts von mir und ihr vermutet hast."

"Hat sie?" antwortete er mit einem Lächeln. „Ich muss schlau werden, zwei so hellwache junge Leute zu täuschen. Natürlich habe ich es die ganze Zeit gesehen. Aber du hattest mehr Mumm, als ich dachte. Noch nie wurde ich von einem Mann so fast erledigt wie von dir."

„Wenn du kein Glück gehabt hättest", sagte ich. „Ja, aber ich zähle Glück zu meinen Ressourcen", antwortete er.

„Nun, was wirst du jetzt tun?"

Er nahm keine Notiz davon, sondern fuhr fort.

„Du hast zu hoch gespielt. Bei dir ging es um alles oder nichts, genau wie bei mir. Aber dafür hätten wir zusammenstehen können. Es tut mir leid, Martin; Ich mag dich, weißt du?

Ich hatte in meinem ganzen Leben nie anders können, als ihn zu mögen.

„Aber Vorlieben dürfen die Pflicht nicht beeinträchtigen", fuhr er lächelnd fort. „Welchen Anspruch haben Sie von mir?"

„Anständiges Begräbnis, nehme ich an", antwortete ich.

Er stand auf und ging einen Moment lang im Zimmer auf und ab. Ich wartete mit einiger Sorge, denn für einen jungen Mann ist das Leben etwas wert, selbst wenn die Dinge am schwärzesten aussehen, und ich war nie ein Held.

„Ich mache Ihnen dieses Angebot", sagte er schließlich. „Dein Boot liegt da, bereit. Steig in sie ein und geh, sonst –"

„Ich verstehe", sagte ich. „Und du wirst sie heiraten?"

„Ja", sagte er.

"Gegen ihren Willen?"

Er sah mich mit so etwas wie Mitleid an.

Wille einer Frau in einer Woche aussehen wird? In weniger als dem wird sie mich fröhlich heiraten. Ich hoffe, dass Sie so kurze Zeit trauern können wie sie."

In meinem tiefsten Herzen wusste ich, dass es wahr war. Ich hatte alles aufs Spiel gesetzt, nicht für die Liebe einer Frau, sondern für die Laune eines Mädchens! Für einen Moment war es zu schwer für mich, und ich senkte meinen Kopf auf den Tisch neben mir und verbarg mein Gesicht.

Dann kam er und legte seine Hand auf meine und sagte:

„Ja, Martin; Jung und Alt, wir sind alle gleich. Es lohnt sich nicht, um sie zu streiten. Aber die Natur ist zu stark."

„Darf ich sie sehen, bevor ich gehe?" Ich fragte.

„Ja", sagte er.

"Allein?"

„Ja", sagte er noch einmal. „Geh jetzt – wenn sie dich sehen kann."

Ich ging hinauf und öffnete vorsichtig die Tür. Die Signorina lag mit einem Schal darüber auf dem Bett. Sie schien zu schlafen. Ich beugte mich über sie und küsste sie. Sie öffnete die Augen und sagte mit müder Stimme:

„Bist du es, Jack?"

„Ja, mein Schatz", sagte ich. „Ich gehe. Ich muss gehen oder sterben; und ob ich gehe oder sterbe, ich muss allein sein."

Sie war seltsam ruhig – sogar apathisch. Als ich mich neben sie kniete , richtete sie sich auf, nahm mein Gesicht zwischen ihre Hände und küsste mich – nicht leidenschaftlich, aber zärtlich.

„Mein armer Jack!" Sie sagte; „Es hatte keinen Zweck, Liebes. Es hat keinen Sinn, gegen ihn zu kämpfen."

Hier war wieder ihre seltsame Unterwerfung unter diesen Einfluss.

"Du liebst mich?" Ich weinte vor Schmerz.

„Ja", sagte sie, „aber ich bin sehr müde; und er wird gut zu mir sein."

Ohne ein weiteres Wort verließ ich sie, mit der bitteren Erkenntnis, dass mein großer Kummer nur einen blassen Abglanz in ihrem Herzen fand.

„Ich bin bereit zu gehen", sagte ich zum Präsidenten.

„Dann komm", antwortete er. „Hier, nimm diese, vielleicht möchtest du sie", und er drückte mir ein Bündel Banknoten in die Hand (einige davon waren meine eigenen von der Bank, die ich später entdeckte).

Am Boot angekommen stieg ich mechanisch ein und traf alle Vorbereitungen für den Start.

Dann nahm der Präsident meine Hand.

„Auf Wiedersehen, Jack Martin, und viel Glück. Eines Tages werden wir uns vielleicht wiedersehen. Im Moment ist hier kein Platz für uns beide. Du erträgst keine Bosheit?“

„Nein, Sir“, sagte ich. „Ein fairer Kampf, und Sie haben gewonnen.“

Als ich mich abstieß, fügte er hinzu:

„Wenn du ankommst, sag mir Bescheid.“

Ich nickte stumm.

„Auf Wiedersehen und viel Glück“, sagte er noch einmal.

Ich drehte das Boot um und machte mich auf den Weg in die Nacht.

Kapitel XV.
Eine diplomatische Vereinbarung.

Für mich ist diese Geschichte nun zu Ende. Mit meiner Abreise aus Aureataland betrat ich wieder die Welt des eintönigen Lebens, und seit dieser denkwürdigen Nacht im Jahr 1884 ist mir nichts widerfahren, was die Aufmerksamkeit eines höflichen Lesers verdient hätte. Ich habe die Plackerei ertragen müssen, um meinen Lebensunterhalt zu verdienen; Ich habe die Entspannungen genossen, die jeder kluge Mann für sich selbst macht. Aber ich würde mich eines unverzeihlichen Egoismus schuldig machen, wenn ich annehmen würde, dass ich selbst das einzige oder das interessanteste Thema bin, das auf den vorangegangenen Seiten behandelt wird, und ich denke, dass ich lediglich meine Pflicht erfüllen werde, indem ich kurz die mir vorliegenden Fakten darüber aufzeichne andere Personen, die in dieser Aufzeichnung eine Rolle gespielt haben, und das Land, in dem die Szene spielt.

Ich bin natürlich nicht nach England zurückgekehrt, als ich Aureataland verlassen habe . Ich hatte keine Lust, den Direktoren persönlich alle Fakten zu erklären, mit denen sie jetzt vertraut werden können. Ich war mir bewusst, dass ich ihre Interessen letzten Endes eher meinen eigenen Bedürfnissen untergeordnet hatte, und ich wusste genau, dass ich für mein Verhalten nicht das nachsichtige Urteil treffen würde, das es vielleicht erfordert. Schließlich kann man von Männern, die dreihunderttausend Dollar verloren haben, kaum erwarten, dass sie unparteiisch sind, und ich sah keinen Grund, mich einem voreingenommenen Gericht zu unterwerfen. Ich zog es vor, mein Glück in einem neuen Land zu suchen (und, wie ich hinzufügen darf, unter einem neuen Namen), und ich freue mich, sagen zu können, dass mein Wohlstand im Land, in dem ich adoptiert wurde, die positive Einschätzung meiner finanziellen Lage durch den Präsidenten bei weitem rechtfertigt Fähigkeiten. Mein plötzliches Verschwinden löste einige Bemerkungen aus, und es wurde sogar festgestellt, dass die Leute unterstellten, dass die Dollars den gleichen Weg gingen wie ich. Ich habe mir nie die Mühe gemacht, diesen skandalösen Gerüchten zu widersprechen, und begnügte mich damit, mich auf die schöne Rechtfertigung dieser vom Präsidenten veröffentlichten Anklage zu verlassen. Als er sich kurz nach seiner Wiedererlangung der Macht an das House of Assembly wandte, verwies er ausführlich auf die Umstände, die mit der späten Revolution einhergingen, und bemerkte, dass er Herrn Martin zwar nicht von den ungerechtfertigtsten Intrigen mit den Rebellen freisprechen könne, er aber dennoch dabei sei eine Position, um ihnen zu versichern, wie er bereits denjenigen versichert hatte, denen gegenüber Herr Martin die Hauptverantwortung trug, dass die überstürzte Flucht dieses Herrn ausschließlich aus dem Bewusstsein politischer Schuld resultierte und dass Herr Martin in Geldangelegenheiten ebenso saubere Hände hatte als sein eigenes. Der Vorwurf, der in dieser Angelegenheit auf den guten Ruhm von Aureataland gefallen war , war nicht diesem fähigen, aber fehlgeleiteten jungen Mann zuzuschreiben, sondern jenen prinzipienlosen Personen, die bei der Verfolgung ihrer Pläne nicht davor gescheut hatten, befreundete Händler zu plündern und zu berauben, wie sich herausstellte im Land unter der Sanktion des öffentlichen Glaubens.

Der Vorwurf, den Seine Exzellenz eloquent ansprach, bestand darin, dass von den dreihunderttausend Dollar, die in dieser Nacht auf der Bank lagen, kein einziger Cent jemals wieder gesehen wurde! Die Theorie besagte, dass der Oberst mit ihnen davongekommen war, und der Präsident gab sich große Mühe zu beweisen, dass die wiederhergestellte Regierung nach dem Völkerrecht nicht für diesen Vorfall verantwortlich gemacht werden konnte. Ich weiß genauso wenig über das Völkerrecht wie der Präsident selbst, aber ich war mir ziemlich sicher, dass, was auch immer dieser erhabene Kodex sagen mag (und er scheint im Allgemeinen das Verhalten aller Parteien gleichermaßen zu rechtfertigen), nichts von diesem Geld jemals seinen Weg finden würde zurück in die Taschen der Regisseure. In dieser Angelegenheit muss ich sagen, dass Seine Exzellenz sich mir gegenüber mit größter Sorgfalt verhalten hat; Über den zweiten Kredit, dieses unglückliche Telegramm oder irgendwelche anderen Geschäfte mit dem Geld kam kein Wort über seine Lippen. Trotz allem, was er sagte, blieb mein Bericht über die Angelegenheit, der unmittelbar nach meiner Abreise an die Direktoren geschickt wurde, unangefochten. Die Direktoren vertraten jedoch eine Ansicht, die der Seiner Exzellenz widersprach, und die Beziehungen wurden so angespannt, dass sie darüber nachdachten, ihr Geschäft ganz aus Whittingham zurückzuziehen, als Ereignisse eintraten, die ihre Vorgehensweise änderten. Bevor ich meine Feder niederlege, muss ich über diese Angelegenheiten berichten, und das kann ich nicht besser tun, als einen Brief beizufügen, den ich etwa zwei Jahre nach meinem letzten Treffen von Seiner Exzellenz erhalten durfte. Ich war seinem Wunsch nachgekommen und hatte ihm meine Adresse mitgeteilt, aber bis zu diesem Zeitpunkt hatte ich nur eine kurze, aber freundliche Nachricht erhalten, in der er mich über die Tatsache seiner Heirat mit der Signorina informierte und gute Wünsche für mein Wohlergehen in meinem neuen Wirkungsbereich zum Ausdruck brachte Aktion. Die Angelegenheiten, auf die sich der Präsident bezieht, gingen bald darauf zu einem gewissen Grad in öffentliches Eigentum über, aber bestimmte andere Bedingungen der Vereinbarung werden jetzt zum ersten Mal der Welt zugänglich gemacht. Der Brief lautete wie folgt:

„*Mein LIEBER MARTIN: Als alter Bewohner*

von Aureataland wirst du sein

Ich bin an den Neuigkeiten interessiert, die ich Ihnen zu erzählen habe.

Es macht mir auch Freude, das zu hoffen

Trotz vergangener Differenzen seid Ihr freundlich

Gefühle mir gegenüber werden dich ausmachen

Ich freue mich, Neuigkeiten über mein Schicksal zu hören.

„Sie kennen sich zweifellos im Großen und Ganzen aus

mit dem Verlauf der Ereignisse hier seither

Du hast uns verlassen. Was private Freunde betrifft,

Ich habe Ihnen tatsächlich nicht viel zu sagen.

Sie werden nicht überrascht sein, das zu erfahren

Johnny Carr (der immer von dir spricht

mit größter Hochachtung) hat das getan

Das Vernünftigste, was er je in seinem Leben getan hat

Leben, indem er Donna Antonia zu seiner Frau machte.

Sie ist jedoch ein durch und durch gutes Mädchen

Sie scheint ein sehr dummes Vorurteil zu haben

gegen Christina. Ich war in der Lage

Unterstützen Sie die Pläne der Jugendlichen durch die

Geschenk des verstorbenen Colonel McGregor

Nachlässe, die nach unserem Recht auf übergingen

das Staatsoberhaupt bei diesem Herrn

Hinrichtung wegen Hochverrats. Du

Es wird mich amüsieren, von einer weiteren Ehe zu hören

in unserem Kreis. Der Arzt und

Frau. Devarges hat ein Match gemacht

davon, und die Gesellschaft freut sich darüber, dass dies der Fall ist

Jetzt hörte ich das letzte Wort des verstorbenen Monsieur

und seine patriotischen Leiden. Jones, ich

Nehmen wir an, Sie wissen schon, es hat uns etwa ein Jahr gelassen

vor. Der arme alte Kerl erholte sich nie wieder

von seinem Schrecken in dieser Nacht bis zu

Sag nichts von der Erkältung, die er sich zugezogen hat

Dein zugiger Kohlenkeller, wohin er gebracht wurde

Zuflucht. Die Bank löste ihn ab

Antwort auf seine dringenden Petitionen und

Sie haben uns einen jungen Puritaner geschickt

wen es völlig vergeblich wäre, sich zu bewerben

für einen kurzfristigen kleinen Kredit.

„Ich wünschte, ich könnte Ihnen eine ebenso zufriedenstellende Antwort geben

ein Bericht über öffentliche Angelegenheiten.

Sie waren mehr oder weniger hinter den Kulissen

Hier drüben, also wissen Sie, dass Sie das behalten müssen

Maschinenfahren ist keineswegs einfach

Aufgabe. Ich habe es im Alleingang am Laufen gehalten,

seit fünfzehn Jahren, und zwar

Es ist Brauch, mich einen bloßen Abenteurer zu nennen

(und ich sage nicht, dass das falsch ist),

Ich glaube, ich habe ihnen mein Wort gegeben

eine ziemlich anständige Regierung. Aber ich habe

hatte inzwischen genug davon. Der Fakt ist,

mein lieber Martin, ich bin nicht so jung wie ich

War. In Jahren bin ich nicht viel älter als die Mitte

Alter, aber ich hatte ein verdammt gutes Leben

davon, und ich sollte nicht überrascht sein, wenn ich alt wäre

Marcus Whittinghams Mietvertrag war hübsch

fast oben. Jedenfalls meine einzige Chance,

Also sagt mir Anderson, dass ich mich ausruhen soll

Ich werde mir diese Chance geben.

Ich hatte zuerst darüber nachgedacht, einen zu finden

Nachfolger (da mir das verweigert wurde

Erbe meines Körpers), und ich dachte an dich.

Aber während ich darüber nachdachte, erhielt ich

ein vertraulicher Vorschlag der

Regierung von —— [hier der Präsident

benannte den Staat, von dem Aureataland

hatte einen Teil gebildet]. Sie waren

sehr darauf bedacht, ihre Provinz zurückzugewinnen;

gleichzeitig waren sie es überhaupt nicht

Ich bin gespannt darauf, noch einmal mit mir Schlussfolgerungen zu
ziehen.

Kurz gesagt, sie boten Aureataland an

Würde wiederkommen, eine Garantie für Lokalität

Autonomie und volle Freiheit; Sie würden

Nehmen Sie die Last auf sich

Schulden, und nicht zuletzt würden sie es tun

Angebot des derzeitigen Präsidenten der Republik

eine Entschädigung von fünfhundert

tausend Dollar.

„Ich habe das noch nicht endgültig akzeptiert

bieten, aber ich werde es tun — erhalten,

der Form halber die Sanktion von

die Versammlung. Ich habe sie doppelt gemacht

ihr Angebot an mich, aber in den öffentlichen Dokumenten

Das Geld soll beim Original stehen bleiben

Figur. Diese Anerkennung von mir

Dienstleistungen, zusammen mit meinen kleinen Ersparnissen

(zurückgestellt , mein lieber Martin, an den Waschtisch),

wird es mir ziemlich bequem machen

in meinem Alter, und eine Kompetenz hinterlassen

für meine Witwe. Aureataland hatte eine

alleine laufen; ob da noch Sand drin gewesen wäre

die Leute, die sie gemacht hätten

Nation ihrer selbst. Es gibt keine,

und dafür werde ich mich nicht schuften

sie nicht mehr. Zweifellos werden sie es sein

sehr gut behandelt, und um die Wahrheit zu sagen,

Es ist mir egal, wenn sie es nicht sind. Nach

Alles in allem sind sie ein Mischlingsvolk.

„Ich weiß, es wird Sie freuen, davon zu hören

diese Anordnung, wie es Ihre alte gibt

ihre zu bekommen

Geld, denn unter uns gesagt würden sie es tun

Ich habe es nie aus mir herausbekommen. Bei der

Ich muss riskieren, deine Gefühle zu schockieren

Gestehen Sie, dass Ihre Revolution nur verschoben wurde

der Tag der Ablehnung.

„Ich hoffte, dich eines Tages gefragt zu haben

um hier wieder bei uns zu sein. Nach derzeitigem Stand der Dinge bin ich

Es ist wahrscheinlicher, dass ich komme und dich finde.

denn wenn wir freigelassen werden, sind Christina und ich es

Wir werden unsere Schritte den Staaten beugen.

Und wir hoffen, bald zu kommen. Es gibt

ein wenig schwierig über die

Bedingungen, zu denen das Goldene Haus und

Mein sonstiges Eigentum soll an die übergehen

neue Regierung; Dies hoffe ich auf einen Kompromiss

indem ich meinen Anspruch auf die Hälfte reduziere

privat und alles in der Öffentlichkeit aufgeben.

Außerdem musste ich dafür verhandeln

Anerkennung der Rechte von Johnny Carr an

die Waren des Obersten. Wenn das alles so ist

geklärt, es wird nichts mehr zu behalten geben

mich, und ich werde ohne viel von hier weggehen

Zurückhaltung. Der erste Mann, den ich kommen werde

Und siehe, du bist es, und wir werden welche haben

tobt zusammen, wenn mein alter Kadaver hält

aus. Aber die Wahrheit ist, mein Junge, das bin ich nicht

der Mann, der ich war. Ich habe zu viel eingegeben

Dampf auf mein ganzes Leben, und ich muss ziehen

jetzt auf, sonst platzt der Kessel.

„Christina lässt grüßen. Sie ist wie

Ich bin gespannt darauf, dich so zu sehen, wie ich bin. Aber du

Ich muss warten, bis ich tot bin, um Liebe zu machen

zu ihr. Immer dein aufrichtiger Freund,

„MARCUS W. WHITTINGHAM. "

Während ich schreibe, höre ich, dass die Vereinbarung durchgeführt werden soll. Damit endet die kurze Geschichte Aureatalands als Nation. So endet die Geschichte ihrer Staatsverschuldung glücklicher, als ich es jemals gedacht hätte. Ich gestehe eine liebevolle Erinnerung an den sonnigen, fröhlichen, faulen, unehrlichen kleinen Ort, an dem ich vier so ereignisreiche

Jahre verbracht habe. Vielleicht liebe ich es, weil meine Romanze dort gespielt wurde, so wie ich jeden Ort lieben sollte, an dem ich die Signorina gesehen habe. Denn ich bin nicht geheilt. Ich jammere nicht herum – ich genieße das Leben. Aber trotz meiner Zuneigung zum Präsidenten vergeht kaum ein Tag, an dem ich nicht diese verfluchte Baumwurzel verfluche.

Und sie? Was fühlt sie?

Ich weiß nicht. Ich glaube nicht, dass ich es jemals gewusst habe. Aber ich habe eine Nachricht von ihr erhalten, und das ist, was sie sagt:

> *„Ich hätte Lust, den alten Jack wiederzusehen – arm*
>
> *verlassener Jack! Marcus ist sehr nett*
>
> *(aber sehr krank, armer Kerl); aber ich werde es tun*
>
> *Ich freue mich, dich zu sehen, Jack. Erinnerst du dich*
>
> *Wie war ich? Ich bin immer noch eher*
>
> *hübsch. Das geschieht vertraulich, Jack.*
>
> *Marcus denkt, du wirst vor uns weglaufen,*
>
> *Jetzt kommen wir in die Stadt [das ist*
>
> *wo ich lebe]. Aber ich glaube nicht, dass du*
>
> *Wille.*
>
>
> *„Bitte treffen Sie mich im Depot, Jack,*
>
> *12.15 Uhr Zug. Marcus kommt vorbei*
>
> *später, also werde ich verzweifelt sein, wenn du*
>
> *komm nicht. Und bringen Sie das Weiß mit*
>
> *stieg mit dir auf. Es sei denn, Sie produzieren es,*
>
> *Ich werde nicht mit dir reden.*
>
>
> *„CHRISTINA. "*

Nun ja, mit der Frau eines anderen Mannes ist das ziemlich peinlich. Aber ein Geschäftsmann kann den Ort, an dem er sein Geschäft hat, nicht verlassen, weil ein dummes Mädchen darauf besteht, dorthin zu kommen.

Und da ich hier bin, kann ich genauso gut höflich sein und ihr entgegengehen. Und, na ja! Da ich das Ding zufällig habe, kann ich es auch mitnehmen. Es kann nicht schaden.

www.ingramcontent.com/pod-product-compliance
Lightning Source LLC
Chambersburg PA
CBHW051458130726
47987CB00005B/2370